牛均富行吟詩

牛均富 著

長江出版傳媒 | 长江文艺出版社

作者牛均富

1996年，任湖北省电影学校校长之时摄于校园樱花树下。

年轻时光

1977 年，与妻廖玉兰新婚留影于武汉长江之畔。

2014 年与妻廖玉兰在东湖。

全家福

自序

Preface

一路走来，一路吟唱

这本诗集，取名“牛均富行吟诗”。由这本书的名字，我想起了三十年前的一件往事。1990年10月，我陪同著名电影表演艺术家孙道临、张瑞芳，考察湖北的三国文化，我的心情很好，一路上吟唱不绝，半月后，客人别宜昌入蜀。当晚，我又口占一首，以表送行之情：“今夜/大江上雨雾蒙蒙/那是团迷幻的梦/秋风秋雨/楚韵楚情/伴您神游/伴您憧憬/今夜/大江上雨雾蒙蒙/那是一片神奇的苍穹/深邃辽远/妙美空灵/漂浮着您的梦”。孙道临先生则用一首七绝相赠，题为“别鄂入蜀赠别牛均富”：“西望高峡天门开，猿声动地画角哀。何愁蜀道多险阻，楚天歌吟入梦来。”

回上海后，孙先生将此诗发表于《电影故事》，并写下了如下的一段文字：湖北省电影发行放映公司牛均富同志，才思敏捷，全程陪同我团漫游楚地，常即兴赋诗，举座欢然，博得“行吟诗人”之美称。孙先生的溢美和抬爱，让我很感动。自此，我便以“行吟诗人”自谓了。

一路走来，一路吟唱。这也许是我区别于其他诗人的一个特点，我总是用我生命的激情，去拥抱生活，拥抱世界，对于那些感动我的事、感动我的人、感动我的自然风光、感动我的社会现象，我总是遏制不住情绪的迸发。要用朗朗的诗句，将它们表现出来，而且敞开胸怀，放开歌喉，随处朗诵给大家听。

多年来，在风景名胜之地，在亲朋好友们的相聚中，在诸多的会议和艺术交流的场合，在我主持的许多活动中，都能听到我吟诵的声音和舞动的手臂。我用通俗的诗句和真诚的情感，去传达一位诗人对生活的理解、对世界的感知。

用诗的语言说话，这似乎成了我的话语中重要的诉说方式。诗歌是我心中最快乐的精灵，它飞翔着，歌唱着，带给我生活的快乐，带给我生命的蓬勃，带给我人生的想象。许多人说，我是一个生活在诗意之中的人，是的，诗意就是生活的高品质，诗意就是美的追求，诗意就是超越繁复和喧杂，进入到一种很纯净的境界，这正是我要追求的。许多人说，像你这样的诗人，今天好像是不多见了，这是对我很大的激励。

我不会忘记，我在大学的课堂上和省市图书馆里倾情朗诵，受到热烈欢迎的情景；不会忘记，我在小镇的集会上，为农民兄弟们献诗的激情；不会忘记，我在都市的马路旁，为一个拾荒的女人吟诵，甚至在自家的屋顶上，为一只陨落的白鸽仰天长叹。我就是这样，以我自己的行为方式，行走在诗的路上。

我歌唱大自然，很少有风花雪月的低吟浅唱，而总爱用壮美的气势和灵魂的感叹来落笔成文。不仅要唱出大自然的外在形态之美，而且还总想表现出这种美所产生的震撼人心的力量，和对人的精神世界的滋润。我歌唱生命，总想去激扬生命的活力，咏叹生命的崇高和伟大、生命的意志和力量。我歌唱友谊，总是怀着一颗诚挚的心，从平实的角度出发，去寻觅一份精神的慰藉。我不但要感动别人，我更多的是要感动我自己。而对于社会的生活现象，我总是力图去发现最能触动我的细节，让它们在我的诗意里鲜活而明亮。

多年来，我就是这样生活着，我就是这样歌唱着，我感到很快乐、很充实。如果哪一天不吟唱诗歌，我就会感到生命里缺少了点什么，这一天也就变得很平淡。孔子曾经说过，诗可以兴，可以观，诗可以群，诗可以怨。那意思是说，诗可以培养想象力，可以提高观察力，可以锻炼合群性，可以抒发悲愤与幽怨。诗对于我，是最好的养生品，在诗的路上，我是一名快乐的行者，总在唱着自己的歌。

在这本书出版之际，我要特别感谢我的妻子廖玉兰。她几乎是我每一首诗的第一位听者、读者和评论者。她的许多最直率、最宝贵的意见，激励了我的艺术创造。其实她也是一位爱诗之人，她曾与我的诗人好友邓斌先生微信唱和："闻君登武当，情高放眼望。道在众山小，静美伴霞光。太极拂云手，云海变霓裳。壮志犹为竞，心曲唱交响。"从中可以看出她的诗意情肠。我还要非常快乐地说到我的五岁小孙子牛远辙，他一看到爷爷写诗就不再闹腾了。有一天，他嘴里竟蹦出了这样几句话："爷爷是一个爱写诗的人，从早到晚都在写诗。有时候，我要费很大的力气，才能把他从诗中拉出来。因为爷爷迷到诗里去了。

诗像泡泡裹着他，要把泡泡戳破，他才能出来陪我玩一会儿。”这种童真童趣，真的给我带来莫大的快慰。

我还要特别感谢我多年的好朋友，公共艺术家、画家、收藏家尚云华先生的热情鼓励和策划，并慷慨资助。感谢知名影视艺术家、作家、诗人、书法家乐育文先生欣然为本书题写书名。感谢历史文化学者、历史小说作家许雨浓先生的真情祝愿。感谢以谢东升、杨建、樊昕等为代表的一批朗诵艺术家对我的诗歌的倾情诵读和诠释。感谢著名诗人、文艺评论家解智伟先生对我的诗作真诚而独到的评点。感谢青年作家、出版人陈景丽，承担了繁杂的出版事务。感谢长江文艺出版社对于出版本书的大力支持。所有的亲情和友情，都化为了一缕缕诗情，伴我在诗歌的路上远翔高飞。

2020 年 7 月 20 日于武昌寓中

目　录

Contents

情系中华

山水纵情

生活缤纷

感悟生命

文化遐思

旅欧诗抄

后记

情系中华

中国

在神话里
中国有盘古开天的壮举
中国有女娲造人的奇想
中国有夸父追日的意志
中国有嫦娥奔月的向往
中国有精卫填海的毅力
中国有愚公移山的胆量
中国有做不完的梦幻
中国有写不尽的创世篇章

在历史里
中国是炎黄的家园
中国是九州辽阔
中国是《史记》
中国是《资治通鉴》
中国是五千年文明的圣火
中国是太平盛世
中国是铁马金戈
中国是合久必分
中国是分久必合

在文化里

中国有诸子百家
中国有唐诗宋词
中国有陶瓷青铜
中国有秦砖汉瓦
中国有黄钟大吕
中国有翰墨书法
中国四大发明誉世界
中国丝绸之路通天下

在情感里
中国是黄河　中国是长江
中国是九曲十八弯的波折
中国是奔流到海不复回的气魄
中国是三山五岳扬个性
中国是五湖四海大融合

在希望里
中国是龙腾　中国是凤舞
中国是欢快的大秧歌
中国是威风八面的锣鼓
中国是东方雄狮震天吼
中国是喜马拉雅擎天柱

2005 年 8 月 16 日

读中国

我们在赵钱孙李的《百家姓》里读中国
生生不息　血脉相传　万家灯火
我们在儿童启蒙的《三字经》里读中国
泱泱华夏　五千年文明
千磨万击永不衰落
我们在《论语》里读中国
仁爱温良　弘毅致远
中华民族的伦理博大精彻
我们在《道德经》里读中国
自然无为　逍遥自由
有东方的大智慧
深刻的处世哲学
我们在《史记》里读中国
究天人之际
通古今之变
金戈铁马　市声田歌
我们在唐诗宋词里读中国
抑扬顿挫的诗句
滋养着悠悠岁月
我们在《说文解字》里读中国
万千汉字　龙飞凤舞
一撇一捺都能触动中华文化的经络

我们在二十四节气里读中国
皇天后土　农时变幻
每一个节气都是精辟生动的科学
我们在中秋里读中国
但愿人长久
圆是中国人最美的精神寄托
我们在重阳节里读中国
登高而上　心怀爱欲　温煦秋色
我们在端午里读中国
所有的心都踏歌而来
只为美的理想和人格
我们在万里长城上读中国
沧海桑田
坚硬的块垒不再是冷漠和阻隔
我们在敦煌的飞天里读中国
舞蹈的灵魂温馨芬芳
丝路花雨一派祥和
我们在除夕里读中国
雪花有情　冰花有义
爆竹声里　又是一年新的诱惑
我们在内心里读中国
天耀中华　万年巍峨

2019 年 10 月 20 日

国歌响起

有这样的一首歌
从白发老者到少年稚子都会唱
歌声响起
天南地北　同声同气
有这样的一首歌
是五十六个民族共同的心声
滚烫的音符
镌刻在亿万人的心里
这是一首庄严的神曲
唱响九百六十万平方公里的每一个角落
亲吻着冉冉升起的五星红旗
在世界的大舞台上
这首歌也是中国人最骄傲的旋律
让所有的华夏儿女扬眉吐气
它就是我们的国歌
——中华人民共和国国歌
用黄河长江的气量
用三山五岳的威仪
铸就出的黄钟大吕
正大高昂
飞扬天地

每当唱起这首歌
我们就会看见
巍巍的群山
滔滔的江河
古老的长城
和指向太空的发射架
都和我们站在了一起
挺立着闪烁的身躯
从来没有哪一首歌
能像国歌这样
狂飙突进　荡气回肠
让人止不住拔剑而起
这不是一首歌
这是同仇敌忾的意志
这不是一首歌
这是凤凰涅槃的壮丽
在血与火的奔驰中
无数个灵魂前仆后继
看啊
那些个把天捅一个窟窿的先行者们
那些个把脑袋系在裤腰带上的斗士们
为了民族的解放
为了国家的前途
即使头颅断了

也要化作刑天舞干戚
他们的抗争和呐喊
化成了雄壮的旋律
国歌中的每一个音符
都是他们呼啸的气息

每一个国家
都有自己的国歌
唱出自由和尊严
唱出信仰和憧憬
用最美的咏叹
颂扬爱国的深情
我们的国歌
是复兴中华的最强音
炮火中打造节拍
血脉里代代传承
让每一个歌者
都虔诚地亲吻着足下的土地
把国家的命运高高地举在头顶

听啊
国歌声响起来了　响起来了
万众一心　热血沸腾
一首歌

调动起所有中国人的感情
每一个中国公民
都会因为拥有了这首歌
和我们这个伟大的时代
满怀豪情　气贯长虹

2017 年 10 月 3 日

中国汉字

中国汉字
古老悠久
内涵丰富
世界独有
字字珠玑
文明载体
智慧结晶
光前裕后
洪荒年代
蒙昧混沌
结绳记事
艰难探求
仓颉造字
模仿鸟兽
万物形态
应有尽有
象形表意
转注指事
假借形声
一个汉字
一个符号
一缕光明

横竖撇捺
随心如意
方块形体
神奇结构
一个汉字
一个音节
抑扬顿挫
韵律上口
行草隶楷
荦荦大端
书法艺术
惊艳全球
万千汉字
皆为密友
遣词造句
情真谊厚
中国汉字
诗意优美
造福人类
永无尽头

2018 年 10 月 29 日

我骄傲　我用汉语说话

我骄傲　我用汉语说话
说甲骨文里的话
说《诗经》里的话
说唐宋元明清的话
说现在很时尚的话
用汉语说话很动听
每一个字
都是声母和韵母的和谐
用汉语说北方话
热情爽朗
一如黄河的情肠
用汉语讲吴侬软语
柔情缠绵
一听啊　情感里的小舟
就荡不出山水婉转

如果说不够
就用汉语歌唱
唱京剧昆腔
吟诗词曲赋
旷原上吼一声信天游
山丹丹就开了

江河边喊一串纤夫的号子
激流漩涡就退了
或者大鼓评弹
或者俚歌小调
一曲曲都是汉语的精气所在

还可以握一管狼毫
书写汉语的方块字
一竖 一横
一撇 一捺
一点一钩
汉隶狂草
象形会意
一字字都是汉语的图腾

我骄傲
我用汉语说话
我痴心不改
我底气十足
一句话说出口
五千年前听得见
五千年后情难收

2009 年 4 月 17 日

桥山谒黄帝陵

来到桥山
止不住地要跪拜
我的黄土一样品质的先祖啊
我伟大的轩辕

遥想当初
部落纷立
天下不安
你智慧通达
威武骁健
阪泉交锋
涿鹿大战
从此四方一统
万里江山

你拉开了文明的帷幕
种植百谷草木
采药　治病　养蚕
你创造文字
推算历数
制造舟车
当世界还没觉醒的时候

你已立在了东方之巅
漫漫五千年
你这中华的始祖啊
血脉连千秋
宗德代代传

肃立你的陵前
撒下心香瓣瓣
这一丘黄土啊
是我们生命的根基
这一丘黄土啊
是我们精神的圣殿
环绕你的陵寝
总也走不出你这圆点

2006 年 4 月 26 日

青铜

铜山崩裂　火焰跳跃
青铜喷薄而出
一个时代来到
一种很硬很硬的合金
带着成熟的韧性
被完美打造
纷纭天地间　尊贵而大度

青铜铸就的鼎
国之礼器
鸟兽饕餮　威仪四方
一字千钧的铭文
刻进历史的古老和真实

编钟之音
穿过刀枪剑戟的杀伐
和悦而虚渺
精美的青铜构造
被音乐神祇般膜拜

手握青铜
历史上的许多节点

都铮铮作响
荆轲刺向秦王的神秘匕首
带着青铜的光芒
堂堂剑气
刹那间涛生云灭
越王勾践的那把剑
伴着他的卧薪尝胆
在江南的冷雨里磨砺
剑锋一指
终成春秋霸主
而力拔山兮气盖世的西楚霸王
终究冲不出十面埋伏
一种拔剑自刎的豪情
定格在青铜之上

青铜不灭　灵魂漫游
青铜之镜　可以鉴古今
辨善恶　明察时光
青铜以它太老太老的资历
讲述人世的风云际会
曾经的梦倒转轮回
激越而安详

2019 年 12 月 11 日

女娲造人

真该感谢你
在宇宙初开之时
抟黄土造人
因此
我们就有了黄土一样的皮肤
我们就有了黄土一样的品质
因此
我们的先祖就叫黄帝
我们的血脉就叫黄河
我们那些纷纷扬扬的故事里
都充满了黄土的气息

不知道你是何等模样
想象你也该是黄皮肤吧
当你用黄土造人的时候
一定有自己的影子
你孕造的黄土基因
一直是我们生生不息的遗传

2007 年 10 月 28 日

后羿射日

我能想象
你弯弓射日时的雄姿
我能想象
你弯弓射日时的义愤
你站在焦灼的荒原上
焦急地望着
一支支神箭呼啸而出
射穿青云
你射杀九个毒日
你射杀九个暴君
只留下一个
温暖光明的太阳神
守护着亿万年的大地
守护着亿万苍生
羿啊
你的神箭
永定乾坤

2007 年 11 月 19 日

夸父追日

好大的气魄
你发誓要与太阳竞逐
来一次天上地下的较量

太阳走你也走
太阳炽烈　你心辉煌
太阳笑你　你笑太阳

渭水　黄河　大泽
充盈你的生命
关山　荒漠　风雨
平添你的豪壮
你以永不停息的奔走
在苍茫大地上
划出了一道闪闪的亮光

即便倒下了
也要化身为一片桃林
用另一种色彩
与太阳炫耀光芒

2007 年 10 月 30 日

精卫填海

凭着一张小嘴
凭着衔来的点点木石
你这精卫鸟
能填平大海吗
其实
你也知道
这是无法完成的壮举
可你总在愤怒着
总在飞翔着
你的白喙流着血
你几乎要折断了翅膀
为了生命的眷恋
你用微弱的力量
托起了一种坚韧

2007 年 11 月 20 日

嫦娥

我这月宫中的蟾蜍
我这寂寞的捣药者
什么时候
才能随着沉沉晓星
重返人间
消解我无尽的冥愁

我也曾是窈窕之女
征服了那个射杀毒日的后羿
当我抖动飘逸的葛衾
向英雄走去的时候
我是最美最幸福的人
只为了爱到永远
我天真地偷吃了不死的灵药
殊不知
却换来了
万里长空无限恨
碧海青天夜夜心

羿啊
你就用你的神箭
射下这清冷的月亮吧

即便射中我凝血的胸脯
我也会欢欣地
倒向你的怀抱里

2007 年 11 月 4 日

愚公移山

愚公移山的方案
很有挑战性
就是子子孙孙的挖
一场持久战
对决七百里王屋太行
让出行之路
不再百步九折萦岩峦
这个耄耋的老翁
尝够了山阻水困的苦
不屈的灵魂
从残破的梦里挣扎而出
手杖一指
划出人生的光线

石头很硬
亘古不化
唯有心的坚韧
方能在石上跑马占地
扎下营盘
子孙不绝
挥动时间之力
以滴水穿石的功夫

劈开拘束的世界
重写山海经篇

至于上帝被感动
命夸娥二子搬山而去
权当一种敷衍
只有愚公的那句誓言
才让这则神话
成了经典

2015 年 4 月 2 日

越王勾践剑

这是越王的青铜宝剑
鸟篆铭文　花饰绚烂
三尺青锋　寒光闪闪
如果舞动起来
历史和现实
就会轻易地被割裂出
一道看不见的缝隙

它伫立在博物馆里
不愿去回首卧薪尝胆的往事
也不愿去炫耀春秋霸主的豪气
它把两千多年的沧桑
涂抹在自己的剑上
成为可以触摸的精神

站在它的面前
我热烈地想象着
血燃烧成沸腾的烈焰
多么希望将自己投进去
冶炼成一则坚韧的故事

2010 年 11 月 5 日

甲骨文

据说
中国真正的文字
最早是刻在甲骨上的
当那些尖锐之物
在甲骨上错落多姿
一个个图画性的文字
便在鸿蒙之中
舞蹈出神奇的光亮
我的先人们
就围在一片片甲骨旁
占卜凶吉
有了灵性的文字
万古苍凉中
焕发了智慧的目光
朴拙而诡秘的甲骨文
成为孕育中国文化的因子
一个文字就是一轮太阳
而今　小小的甲骨上
还有许多解不开的谜
龟背上驮着深奥的时光

2017 年 4 月 30 日

春秋战国

那个时候
国家很多
旌旗招展
野心攒动
春秋五霸
战国七雄
一个个虎视眈眈
争强好胜
举过刀枪的战火
在大地里发酵

那个时候
说客很多
朝秦暮楚
摇唇鼓舌
合纵连横
远交近攻
诚信与谎言
都裹进滚滚的烟尘

那个时候
思想家很多

孔子　孟子
老子　庄子
墨子　荀子
横空出世
百家争鸣　治国论道
教化民生　智慧的光
照耀着茫然和黑暗

那个时候
诗歌最传情
《诗经》《楚辞》
相互辉映
诗情装进生命
可以朴素　可以浪漫
可以忧郁　可以做梦
两汪清流活水
滋润古今

那个时候是一把剑
饱尝血的悲哀
那个时候是一部经纶
抚慰动荡的灵魂

2013年3月14日

谒孔子墓

孔子的墓是一堆黄土
只不过比别的墓稍大了点
墓旁有弟子们尽孝的庐舍
和子贡亲手种的老黄连
还有儿孙的坟茔相依
这样的格局
很符合孔圣人的教义

墓掩映在孔林之中
绿色经年流动着
阳光月光次第而来
圣人的目光不灭
一草一木
都浸染着他的思绪

伫立在此
不敢妄动
只想恭敬地聆听
起风了
满林的叶子都在吟哦
子曰——
子曰——

子曰——

一部《论语》

在时空里轮唱

2010 年 7 月 8 日

成吉思汗陵

这里水草丰茂
八百年前
一代天骄挥师而过
他马鞭一指
定下了日后的安息之地

他的陵寝是巨大的蒙古包
在草原的空阔里
成为辉煌的圣殿
羊群　骏马　长调　弯弓　大雕
伴随他永远的生命
他雄踞在黄色的绸帐内
依旧做着驰骋天下的大梦

酥油灯长明不灭
自从被忠诚的达尔扈特人点燃
就一直是闪亮的思念
陵前的苏鲁锭
被鄂尔多斯高原的风
镀上了最骄傲的语言

2008 年 2 月 28 日

中原大地

这是一个
用浑厚的泥沙
构成的板块
沉重得不可飘移

有黄河之水奔流而来
一腔热烈
一行老泪
燃烧了岁月
穿透了沧桑
甲骨纪事
皇朝兴亡
中原逐鹿
英雄豪壮
圣贤辈出
经纶流芳
九曲回肠的黄河
在这里一个抒叹
便留下了丰富的想象

一种高亢激越的梆子
是中原最淋漓的酣唱

唱日出嵩山
唱洛阳牡丹
唱清明上河
唱包公木兰
唱世世代代苦与乐
唱永生永世黄河恋
直唱出一个
沸沸扬扬的中原
爽爽朗朗的中原
中原何在
大河之南

2008 年 6 月 17 日

丝绸之路

这是一条不可思议的路
穿过黄沙茫茫大漠戈壁
穿过崇山峻岭云遮雾障
穿过波涛汹涌大海汪洋
从汉唐的长安洛阳
一直到达中亚　南亚和西亚
从古代的广州　杭州　泉州　扬州
一直到达阿拉伯海
甚至沐浴着非洲东海岸的阳光

这条路有一个美丽的名字
叫丝绸之路
那些薄如蝉翼的丝绸
那些泥土和火焰
热恋而生的精美瓷器
那些清香的茶叶
带着大中国的自豪
带着华夏文明灿烂的想象
很自信地走出国门
打开了一条长长的贸易通道
连结起世界的东方和西方

穿过岁月的尘埃
我们仍能依稀看到
那些西出阳关的驼队
开始了艰难的跋涉
干风如火的荒漠上
一处处死亡的绿洲
一棵棵枯萎的胡杨
一具具不知年代的木乃伊
大梦惊醒
又听到了驼铃坚强的歌唱
那些在横断山脉辗转的马帮
艰深的蹄印里
刻进了无数的雨雪风霜
纵然跌进万丈峡谷
也是一副砥砺向前的模样
而在季候风里东去西来的商船
每天都昂扬地升起风帆
即便葬身大海
也要在雄沉的波涛里
涌动蔚蓝的梦想

更难忘
丝绸之路上的那些先觉者们
勇敢地打通了一处处界限

让心的坐标竖立在足迹的前方

西汉的张骞　两次出使西域
在长久的扣留和守望中
沟通了与中亚人民的来往
羌笛悠悠　丝路通畅

那个唐代的高僧玄奘
怀着对经典的虔诚
远上西天取经
一身袈裟飞扬
人向西去　佛向东来
拈花一笑　情波流荡

明朝三宝太监郑和
二十八年七下西洋
一支庞大的船队
游历了三十多个国家和地区
为环球航行
树立了先导和榜样

我们悠久绵长的丝绸之路
没有国力的炫耀
没有王朝的霸气

没有掠夺的野心
没有殖民的思想
只有交流和平等
只有互利和诚信
只有和平和发展
只有友谊和善良
它是一个巨大的历史符号
光辉的灵魂永不消散
为世界孕育甜美的梦想
这条丝绸之路
千年之上　神奇辉煌
千年之下　遥远坦荡
它从中国出发
通向世界的四面八方

2017 年 10 月 3 日

清明节

此时
阳气上升
清和景明
我们本该举目向上
一脸的灿烂
在人间四月天里
高高地放飞纸鸢
喜看桃花红梨花白
阳光流动
啜饮甜蜜的色彩

可总有一种情绪
引领我的目光朝下
关注土里的事情
一场蒙蒙细雨
湿透了所有的心
透明的泪珠
在沉湎中无法风开

2020 年 4 月 3 日

春联

春联贴上门的时候
红彤彤的中国年就开始了
音律和谐　工整对仗
天南地北都在诗意里唱和

联里尽是祝福的话
古典里钩沉
盛世中选来
人心最深处采撷
天下所有的美愿
都纷至沓来

字有行草隶楷
笔触龙飞凤舞
最好的翰墨功夫
都用在了过年的时候

春联是最动情的书写
读出一字　一年里佳音不绝
跃上门扇　就有四季的流光溢彩

2016 年 2 月 18 日

节气

我惊奇
我们的祖先
竟为我们
创立了这么多的节气
惊蛰　清明
谷雨　芒种
立秋　白露
霜降　大雪
在四季运行的每一个节点上
都有一个科学的命名
并用汉字很恭敬地排列着
不让有任何错位
阳光雨露
禾苗茁壮
暑往寒来
秋收冬藏
怀抱五谷的先人
总在积攒着智慧和敦厚

我能想见
他们是站在茫茫大地上
一代又一代观测着天时气候

一生又一生守望着万物生长
他们胸怀辽阔
他们目光深邃
甚至连细枝末节
都体察入微
二十四个节气循环往复
演绎成中国式的神秘

我是在清明时节出生的
阳气上升
浊气下降
对于蓬蓬勃勃
总有一种感恩和遐想
所以每到这个节气
我都会遥祭先祖
然后
在温暖的土壤里
种瓜种豆
喜气洋洋

2009 年 10 月 23 日

凤

凤
你这神奇的灵鸟
你这冲天的大鹏
身披五彩
鸣若箫笙
从先人们的想象中飞来
飞舞成千古崇拜的图腾

你是至美的形象
自歌自舞
沐浴清风
非梧桐不栖
非甘泉不饮
非玉珠不食
美美一体
培育百鸟之王的品性

你有远大的志向
高洁的情怀
展垂天之翼
周游八极
自由飞动

你有无限的浪漫
目空世界万物
永远快乐地憧憬
你是吉祥的精灵
生于南国
普天有幸
凤凰来仪
喜事盈盈
龙翔凤翥
四海安宁

你有勇敢的追求
为理想不惜自焚更生
五百年一个轮回
五百年一重意境
在伟大的涅槃中
造就崭新的生命

凤兮　凤兮
我们愿追寻你的神话
在最美的境界里飞升

2006 年 3 月 24 日

唢呐之音

唢呐之音
最容易抒发情感
欢乐时来一曲
整个世界都绽放笑脸
痛苦时吹起它
所有的心都在震颤
从铜管里冲出的气息
是血的澎湃

唢呐是灵性之物
将日子吹成了彩色
将风雨吹成了情话
将时光吹成了梦幻
将人生吹成了咏叹
它总在撩拨
每一颗心的琴弦

一把唢呐
静则无声
动则震天

2007年11月23日

象棋

这盘棋
一下就是几千年
至今没有结局
过河的卒子
仍在探路

有楚河汉界设防
看似森严壁垒
其实玄机可破
三十二枚子儿
攻退进守
雕龙大略
皆是人的符号
胜者未必称王
败者意气连绵
形象其中
得失其中
棋乎　道乎

2013 年 11 月 27 日

古代

古代是仕女研墨
古代是红袖秉烛
古代是游侠独行
古代是大碗喝酒
古代是采菊东篱
古代是灞桥折柳
古代是西风古道瘦马
古代是小桥流水人家
古代是一个梦跳进去
总是回不来的眼睛
古代是一觉醒了飞回来
心已不在翅膀上
古代是抱不住的流水
古代是看得见的影子

2010 年 8 月 2 日

过一种很复古的生活

沏一杯菊花茶
坐陶渊明的屋前
望南山悠悠
约上阮籍嵇康一行
去竹林里清谈
自由放达
光芒在舌尖上闪烁
天色晚矣
与李太白一起
邀来明月共斟
天上人间
万般情愫
都流入心底
醉了
卧在苏轼的小船里
枕一江波涛
在赤壁赋里逍遥
东方既白
唤侍女研墨
书写描绘
请来王羲之和董其昌们
品字论画

指望日后卖个好价

然后骑上一头青牛

循着老子出函谷关的路漫游

在他的五千个字里

很哲学地走着

2013 年 11 月 15 日

大运河

一条中华大地的文明线
由北向南
三千里跃然行地
水的波纹轻漾起伏
总是优美的五线谱

黄河　长江
淮河　钱塘……
交汇浪叠　走进其中
方知那些鱼会说不同的方言

帝王的龙船华帷
映出无数风光
终被霜风吹破梦境
唯有百姓之小舟
从京都直下江南

运河不老　血脉恒温流动
一根水的琴弦
拨弄着前朝后代

2015 年 4 月 11 日

中国旗袍

中国旗袍　华美绚烂
绝代风雅　国粹经典
追求时代　承载文明
生活艺术　紧紧相连
一袭旗袍　款款而行
贤淑典雅　温柔清丽
玲珑曲折　步步惊艳
美观得体　气质翩翩
独立于世　纤尘不染
出水芙蓉　望春玉兰
生命绽放　春光无限
自尊自信　性情高远
大美旗袍　服饰典范
中华文化　永世相传

2019 年 8 月 26 日

北方和南方

北方有黄河
南方有长江
源头自高处
奔流向海洋

北方莽昆仑
南方五岭长
巍巍接天际
铮铮铁脊梁

北方黄土地
南方多水乡
策马追日月
荡舟捕霞光

北方高粱红
南方稻花香
大地铺锦绣
国泰社稷强

北方飞瑞雪
南方花蕾放

飘然成梦境
冷暖著华章

北方信天游
南方芦笙响
同唱风雅颂
五湖四海扬

北方少林拳
南方武当剑
沧海一声笑
古意不苍凉

北方有黄帝
南方有神农
华夏两始祖
功德万古长

北方遨苍龙
南方舞凤凰
二者皆图腾
天下生吉祥

北方和南方

中华天地广
自然巧造化
文化兴家邦

2016 年 11 月 18 日

高山流水觅知音

张一片风帆
凌千层波浪
两千多年前的一个中秋日
一只兰桡画桨的大船
行进在长江上
但见远山叠翠　江水浩荡
满目锦绣　千里风光
那个晋国的上大夫俞伯牙
被家乡楚国的胜景陶醉了
他伫立在船头
尽情地朝四方张望
风亲昵地抚摸着他的脸颊
悠悠的情感在胸中荡漾
啊　我的荆楚　我的故乡
夜降临了
突然雨骤风狂
江流汹涌
樯桅摇荡
无奈　俞伯牙的船
只好停在了汉阳的马安山
这一停靠
竟生出了一段千秋佳话

这个夜晚
注定是不同寻常

子夜的时候
风平浪静了
一轮新月挂天上
这时　俞伯牙轻抚瑶琴遣情怀
袅袅琴声醉大江
这琴声
也倾倒了一个山野樵夫钟子期
他听出了那低回婉转的琴音里
有深情的流动
有思念的悠长
俞伯牙正弹到动情处
忽听得刮喇一声响
琴弦突断出异常
莫非是好学之人在偷听
莫非是恶贼生猖狂
惊讶中
俞伯牙忙派人上岸去查访
这时　钟子期落落大方进船舱
一个脚踏芒鞋
一个锦衣气昂
相逢在多情的晚上

两人谈论琴史细说端详
探究乐理　情趣盎然
把酒临风　恣意汪洋
在这样的情景里
俞伯牙止不住性情的奔放
他连奏两曲
意在高山流水
钟子期心领神会
连声称赞：美哉洋洋　美哉汤汤
好啊　像高山一样巍峨
妙啊　像江流一样浩荡
俞伯牙从没遇到过这样的听琴者
钟子期也从没听到过如此绝妙的音响
随着悠悠的琴声
两颗心在一块儿飞翔
相识满天下
知音能几人
于是一个达官贵人
一介布衣樵夫
在音乐中结成了知己
同气相求　生死不忘
天亮了
伯牙要登程了
他们相约

明年还是在这个时候
还是在这个地方
再次相逢诉衷肠
两颗心紧紧贴着琴
情情相依手不放

伯牙走后
钟子期白天辛勤劳作
晚上诵读到天光
心力憔悴　染疾而亡
临终之时立下遗言
要把自己葬在山崖旁
魂绕高山和流水
盼望知音早还乡

斗转星移又一年
伯牙准时来探访
琴声悠悠唤知音
不见知音来身旁
当得知子期已病逝
俞伯牙泪流满面痛断肠
他来到子期的墓旁
整衣　下跪　培土　焚香
往事历历无限感伤

天下从此无知音
鼓瑟吹笙何用场
这时
江风阵阵起愁云
江涛呜咽生悲凉
悲切中
俞伯牙突然割断琴弦
用力一甩朝天啸
只听得撕心裂肺一声响
伯牙从此不复弹
三尺瑶琴祭君亡

岁月悠悠
荡不去高山巍巍
时光荏苒
剪不断流水长长
沧海桑田
变不了人间真情
世道漫漫
知音佳话永传扬

1999 年 8 月 3 日

卢沟桥上的狮子

卢沟桥上的狮子
以迥异的形象
一个个雄踞在那里
在华北平原上
集结成坚固的阵势
八百年的风雨
不改豪壮之气
公元一九三七年的夏日
在烈焰之下
它们一起吼叫了起来
那种吼声里
混含了许多声音的元素
爆发成最有力量的情绪

卢沟桥上的狮子
是永不风化的生命
以石一样的永久
承载着对历史的解说

2008 年 1 月 3 日

历史不会忘记

——写在武汉保卫战纪念碑落成之时

历史
不会忘记
那一场战争
不会忘记
一九三八年
武汉保卫战的那场战争
六十七年过去了
那场战争的硝烟
那场战争的炮声
那场战争的血肉
那场战争的魂灵
一起结构成了
这庄严的纪念碑
镌刻着
一个民族的斗志和豪情

那是怎样的一场战争啊
一百多万的中国军人
三十几万的日寇士兵
在广阔的战线上

进行着殊死的交锋
一边是吞没中国的野蛮之心
一边是同仇敌忾热血沸腾
一边是狂傲不羁的飞机　大炮　舰艇
一边是最平常的步枪　手榴弹　大刀片
就是这样的两种力量
就是这样的两个阵容
在一百多个日日夜夜里
演绎着一幕幕惨烈的剧情
那些个日子里
天是红的
江河水是红的
山头是红的
原野是红的
四十万中国将士的血
把中华民族的抗争史
又一次书写得鲜亮彤红

这场震惊世界的武汉保卫战
在中国的抗战史上
将会永远彪炳
它是敌我双方
投入兵力最多的一次会战
它是战线最长的一次会战

它是持续时间最久的一次会战
它是规模最大的一次会战
它有力地打击了
日寇的锐气和威风
将中国的抗日战争
由战略防御阶段
推向了相持阶段的新里程

穿过岁月的风雨
我们来拜谒这庄严的纪念碑
在肃穆和静谧中
我们似乎又听到了
一颗颗忠诚的心在跳动
我们似乎又听到了
一阵阵激越的冲锋号声
这一场战争啊
洗礼了多少灵魂
锻造出了多少忠烈英雄
时光荏苒
情思无穷
真想念你们啊
那些保卫中华的先烈
那些舍生忘死的抗战老兵
你们在哪里

你们在哪里啊
我们用民族的情感
深深地呼唤你
你们在哪里啊
你们在哪里啊
我们用国家的名义
向你们致敬
今晚
这里正点燃着
千万只红烛
好像是你们
又聚合在一起了
正准备着一次新的出征
在你们的队列前
请接受我们的敬意吧
敬礼
武汉保卫战的将士
敬礼
伟大的抗战英雄

2005 年 8 月 27 日

中山舰

当炮火将它击伤
它愤怒沉向江底
黑暗并没能吞没它
一代名舰横卧江流
想象重出水面的日子
舰上的那些人和事
把历史书写得沉甸甸的
如果没有这艘战舰的勇立潮头
我们就要从另一种版本里
倾听历史的咏叹
复原了的中山舰
还保留着许多弹痕
触摸着那些发烫的伤口
总感到它的故事
是不灭的火焰

2007 年 1 月 1 日

您是一座山

——献给老将军爷爷

老将军爷爷
您是一座山
秋天
当枫叶红了的时候
我们攀上了您的峰峦

我们来您这里寻觅故事
我们来您这里寻找源泉
您把我们拥在怀里
指点着青翠的山头
让飘忽的云朵
带我们走进昨天

这山上的每一块石头
都使您情意绵绵
这一块曾浸染您的鲜血
那一块曾为您做枕头睡眠
您也曾奋力地举起石头
砸向侵略者的头颅
啊　这无言的石头

每一块都是您亲密的伙伴

这山上的树木
早已蔽日参天
当年您巧妙地在这里周旋
让敌人蒙头转向　疲惫不堪
您常用这树枝架起篝火
使黑夜里不再有严寒
您刻在树干上的那颗红五星
至今还闪烁着奇异的光焰

这山里的百丈深涧
曾和您结下深厚的情缘
那一年
您面对敌人至死不屈
纵身一跳幸免于难
您就在这山洞里
住了很多天
滴滴答答的崖壁之水
为您唱着生命之歌
还有那只精灵的小松鼠
常给您带去欢颜

这山上的羊肠小道

您不知走过多少遍
抬担架　挑南瓜
送情报　传指令
磨破草鞋千百双
走出一道生命线
在您常歇脚的拐弯处
盛开的杜鹃格外艳

这山里的淙淙溪流
清清亮亮入情感
您在这里洗去满身征尘
您在这里除去满脸硝烟
喝一口甜甜的水
神采焕发力量添
您随着溪流一起歌唱
歌唱您向往的那个明天

这山上的旭日照高处
至今还让您流连
您在这里吹军号
铜号一声霞满天
千峰万岭齐跃动
世界就要换新颜

老将军爷爷
您是一座山
阅不尽的万千气象
看不完的色彩斑斓

老将军爷爷
您是一座山
昂首挺胸骨铮铮
傲然屹立天地间

秋天
我们登上了您的峰峦
我们寻觅到了最生动的故事
我们寻找到了最珍贵的源泉
我们亲吻火红的枫叶
就像贴着老将军爷爷慈祥的脸
此刻
我们也化成了一座山
和老将军爷爷的大山紧相连

1997 年 4 月 8 日

红色的光芒

在我们的心灵中
有一道红色的光芒
它鲜艳　它闪烁
它热烈　它奔放
像火一样的燃烧
像血一样的流淌
狂飙突进　壮丽辉煌
它是我们精神中的旗帜
它在我们理想中飞扬

这道光芒
照耀在南湖的航船上
中国就有了开天辟地的希望
这道光芒
挥洒在井冈的峰峦上
黄洋界上的炮声隆隆
鼓角中旌旗飘扬
这道光芒
亲吻着千里大别山
满山满岭的红杜鹃
在风雨中开放
这道光芒

映入万水千山的长征路
红军的队伍就有百折不挠的豪壮

我们从狭小而又深邃的延安窑洞里
看到了这道光
我们从西柏坡的农家小院里
看到了这道光
我们从沂蒙山红嫂香甜的乳汁里
看到了这道光
我们从太行山五壮士舍身跳崖里
看到了这道光
我们从风在吼　马在叫
黄河咆哮的波涛里
看到了这道光
我们从百万雄师过大江的千帆竞发里
看到了这道光

在这道光里
我们读方志敏可爱的中国
在这道光里
我们追寻八女投江的波浪
在这道光里
我们和董存瑞一起前仆后继
在这道光里

我们聆听江姐绣红旗时的深情吟唱
在这道光里
我们仰望刘胡兰高昂的头颅
在这道光里
我们紧依着雨花台烈士们
不屈的胸膛

这道光神圣　磅礴　永不熄灭
染红了我们的国歌国旗
染红了我们九百六十万平方公里的大地和海洋
染红了我们穿越时空的思念
染红了我们基因相传的理想
我们深知这道光
对于中国革命的意义
我们深知这道光
对于时代进步的影响
在复兴大中华的路上
我们永远沐浴着这道光
它是创世的神话
不老的传说
真理的太阳

2020 年 6 月 5 日

我们的大别山

大别山　我们的大别山
我们用儿女对母亲一样的情怀呼唤你
大别山　我们的大别山
我们用赤子对故乡一样的情怀呼唤你
大别山　我们的大别山
我们用永不泯灭的爱恋呼唤你
你千里绵延　巍巍峨峨
横亘于华夏的中部大地
一代又一代的子民
在这里生生不息

我们的大别山
山水锦绣　天下称奇
天堂寨气宇轩昂
白马尖势拔五岳
龙井峡飞瀑激荡
龟峰山　天柱山神奇瑰丽

我们的大别山
地旺　风赡
文脉相传
毕生的印刷术

李时珍的《本草纲目》
引领世界之先
地质泰斗李四光
“两弹元勋”邓稼先
继往开来
科技之光辉洒人间

我们的大别山
千古英雄风流
木兰替父从军
三国周郎赤壁
董必武播撒星火
黄麻人高举义旗
新四军浴血奋战
刘邓大军千里跃进
一场场金戈铁马
一次次壮怀激烈
让大别山的每一块石头
不再万古千秋的沉默
深深地刻上了创世的神话

大别山是红色的山　革命的山
红旗　红军　红星
和先烈鲜红的热血

一起凝成红色的信念
那深情的《十送红军》
甜美的《映山红》
在岁月里久久流传

我们对大别山
总是高山仰止
这红军的故乡
将军的摇篮
对共和国奉献得太多太多
而它的索取则太少太少
我们对大别山
总是心心相连
它的发展和进步
它的贫穷和落后
它的每一种欢乐和疼痛
都萦绕我们的心间
大别山三千七百万的人民
厮守着这片红色的土地
在大中华的中部
托起中国梦的理想
书写崭新的篇章

难忘啊

国家几代领导人对大别山的牵挂
当习主席来到大别山金寨
穿行于革命老区
他的凝重的思考
让我们看到了
这个红军的儿子
挥之不去的革命心结
当国家的许多政策和顶层设计
都向老区倾斜的时候
我们更知道了
在共和国的心头
对大别山有着多么深厚的情感

春到大别山
大别山又进入了一个新时代
绿山　绿树　绿水
云霞灿烂　一碧苍天
勃勃生机　美丽家园
大别山
你是红色历史的丰碑
你是永远挺拔的希望
你是永远流传的诗篇

2015 年 4 月 7 日

捧出我们炽热的心
——写给汶川大地震

这是新中国最大的一次地震
十万平方公里的家园
顷刻间
被摇荡得山崩地陷
美丽的村镇成了一片废墟
宽长的国道被撕成了碎片
山体滑坡　大坝裂缝
瓦砾中掩埋着数不清的灵魂
汶川大地震啊
你这可诅咒的恶魔
让我们的祖国
五月里鲜花般的脸上
一下子挂满了泪珠
五月十二日这个黑色的日子
深深地震痛了中国人的心

就在同一时刻
一切的目光都投向了汶川
一切的心愿都祈祷着汶川
一切的行动都为着汶川

我们的总理来了
我们的总书记来了
我们的十万大军来了
我们的医疗队来了
我们的志愿者来了
十三亿中国人啊
此时都成了汶川人
九百六十万平方公里的大地啊
此时都跳动着汶川的脉搏

忘不了　救援前线
总理的眼泪和沙哑的声音
这个山一样的老人
让所有的山水都为之动情
忘不了　灾民面前
总书记深情地俯下身子
他俯下了　他心中的人民却站得很高很稳

忘不了　强行突进中的士兵和将军
他们用带血的手
扒出一个个顽强的生命
那迷彩服橄榄般的绿色
成了最温暖的色彩
驱散人们心头的阴云

我们的国家
我们的民族
在这样的日子里
一下子拥抱得很紧很紧
每一个中华儿女
都捧出了最炽热的心
银燕啊
你就快快地飞吧
车轮啊你就快快地转吧
电波啊
你就快快地联接吧
送去我们的药品
我们的帐篷
我们的血浆
我们的捐赠
我们永不屈服的意志
我们五千年延绵不断的传统

我的血脉相连的同胞啊
我的大难不死的父老乡亲
在这样的日子里
让我们在废墟的大舞台上
同唱一首歌吧

歌唱生命　歌唱阳光
歌唱勇敢　歌唱坚定
歌唱大爱无疆
歌唱风雨后的彩虹
这是从民族感情的最深处
迸发出的最强音
让汶川
让全中国
让全世界
让未来的日子
都永远感动

2008 年 5 月 25 日

十月　武汉闪耀世界

十月的金风
都向武汉吹来
十月的祥云
都向武汉飘来
十月的脚步
都向武汉奔来
十月的军旗
都在武汉抖开
十月的豪情
都在武汉澎湃
十月 武汉闪耀世界

二 0 一九年十月
第七届世界军人运动会
将在武汉召开
一百多个成员国的军人健儿
将在这里展开擂台大赛
军人的血性
军人的风采
军人的强悍
军人的永不言败
都要在这里痛快淋漓地表现

给世界一个又一个惊呼
让五洲四海都狂欢成激越的节拍

这里曾是金戈铁马之地
经历了一个又一个血腥的年代
这里曾是硝烟弥漫的战场
窒息了多少人美丽的情怀
今天这里要举办一场
和平环境下的体育盛会
奏响一曲和平的乐章
让全世界美好的追逐
都相聚在这和平的庆典中
一场军人的奥运会
高扬时代的气派

大江大湖的大武汉
早已为军运厉兵秣马
你随意去问问哪一个孩童和老叟
他们都会响亮地喊出军运的口号
你随意去问问哪一条道路和哪一棵树
它们都会展现最美的姿态
你随意走进哪一处场馆
都是匠心独运的所在
武汉的创造

武汉的设计
武汉的敢为天下先
一定会使这届军运会旷世绝代

一座城
一座水气灵丽的城
正以现代大都市的气量
迎接全世界的目光
向天下敞开热烈的情怀
十月　武汉闪耀世界
一场威武雄壮的演出
这里是最好的舞台

2019 年 4 月 25 日

山水纵情

七月里　我们相逢在长江上

七月里　我们相逢在长江上
这是一个火辣辣的季节
燃烧着我们的情怀
奔放着我们的思想
正是大江涨潮的时候
每个人都可以敞开胸怀
任思想放飞
任灵魂歌唱
你可以用雄浑的男高音
唱大江东去
慷慨悲壮
你可以用抒情的女花腔
唱三峡秀美
万千气象
长江啊长江
你给我们的生命里
注入了多少激情
注入了多少力量
我们实在应该到这条大江上走一走
呼吸它万里的清风
亲吻它彩色的波浪
我们实在应该到这条大江上走一走

感觉它的平阔舒展
领略它的飞流冲荡
这个时候
你会觉得
自己突然间变成了另外的一个人
再也没有狭隘和偏激
再也没有犹豫和彷徨
再也没有世俗的引诱
再也没有世态的炎凉
有的只是长江穿透时空的伟力
有的只是长江一往无前的歌唱
有的只是长江百折不回的坚韧
有的只是长江容纳百川的气量
这个时候
我们完全和长江融为了一体
长江是我
我是长江
我们和长江一道
从生命的高原
奔向生命的海洋

1997 年 7 月 10 日

黄河采风

我从黄河的上游
跋涉到黄河的下游
一直走进它的入海口
千万里的追寻
写不尽大河的雄风

它的涓涓细流
它的平静清澈
都是雪山温暖的情感
而浩荡的浑黄
诉不尽的衷情
则是高原黄土最直率的宣泄
九曲连环
在苍茫大地上书写着史诗
奔腾不息
总是永远的力量和希望

大漠孤烟
黄河落日
造就了永远的感叹
千年窑洞　万丈沟壑
隐匿着神秘的猜想

牦牛　骆驼　羊皮筏子
负载着黄河悠远的传说
花儿　秦腔　信天游
唱不尽黄河的千古之事

大禹治水
中原逐鹿
百家争鸣
一个个创世的人物
在黄河的激流里
竖起了自己的航标
甲骨　青铜　青砖汉瓦
不愿尘封自己
在河的两岸顽强地裸露出来
而清明上河
雕栏玉砌
金袍青甲
都深埋于泥沙之下
涛声依旧
黄河却不愿回首

走进黄河岸边的石窟里
就能读到一张张历史的脸庞

随便站在哪一处关隘上
只要轻轻拉动一下
沉睡的弓箭
就会射中曾经伤痛的地方

黄河古渡
沉没了多少孤旅者的梦
而壶口飞瀑
则把一种气势
磅礴成无与伦比
同一条河流
却有着不同的唱段

白羊肚头巾和蓝花花布衫
成了黄河最惹眼的色彩
大红枣儿和山丹丹花
是黄河喜庆的赠礼
高原唢呐
安塞腰鼓
吹成一个个欢快的日子
奔放出漫天的激情
黄河一个跳跃
便托起了辉煌的太阳

谷子黄了的时候
高粱红了的时候
也是黄河的鲤鱼最肥的时候
阳春来了
冰凌化了
黄河开河的日子也就到了
我乘坐骡马大车
和吱吱作响的手推车
风雨兼程
一路赶到渤海边
只为看一种黄
怎样融入一种蔚蓝之中
一条巨龙
终于潜入了大海

2011 年 7 月 26 日

登上泰山

登上泰山
看天下所有的山
都显得很小了
会当凌绝顶
一览众山小
诗圣杜甫的一首诗
把泰山抬得很高很高
在山的王国里
泰山其实是无意称雄的
只因为来了许多帝王
在这里封禅祈祷
只因为来了许多圣贤
在这里吟唱挥毫
泰山才有了鼎鼎大名
泰山才有了五岳独尊的称号

登上泰山
伴随而来的是恢宏的气概
天门一长啸
万里清风来
李太白的咏叹
激荡着我们的情怀

好像我们的登临
不是为了观光览胜
而是进行了一次精神的塑造
于是
那盘旋而上的石阶万级
就通向了我们生命的巅峰
于是
玉皇顶上观看日出
就有了雄视天下的自豪

登上泰山
一路的风月无边
让人在文化的长廊里行走了一遭
这里的每一块石头
都镌刻着历史的话语
这里的每一棵树
都有五大夫松的风骚
甚至这里的每一处泉流
都能从古典里找到出处
无时无刻
不在滋养着中国人的情操

登上泰山
凭崖望八极

目尽长空闲
这天下的一切
都尽收眼底了
巍巍乎泰山
一座至尊至圣的山

2005 年 2 月 8 日

我们都有自己的母亲河

——写给一群在长江上旅游的外国朋友

在这个很美很美的季节里
我们一同畅游在长江上
你们用惊讶的目光
用摄影机的镜头
记下了两岸绮丽的风光
这时
你们一定会想起
你们的母亲河的形象
是啊　我们都有自己的母亲河
我们对母亲河情深意长
你们的母亲河很生动
我们的母亲河很奔放
你们的母亲河很悠远
我们的母亲河很宽广
你们的母亲河里生长许多优美的故事
我们的母亲河里蕴藏许多华彩的篇章
万能的上帝啊
你将一条条生命的河流
赐给了东方　赐给了西方
我们的母亲河

孕育了我们黑色的眼睛
黄色的皮肤
你们的母亲河
造就了你们金色的头发
高高的鼻梁
很幸运啊
我们这些母亲河的儿女们
都能生活在同一个时代的地球上
很幸运啊
我们的母亲河
都通向了浩瀚的海洋
那是我们人类共同拥有的地方
请带走长江的一朵浪花吧
它会为你们的母亲河
送去友谊和歌唱
请带走三峡的一片彩云吧
它会为你们的母亲河
送去祝福和吉祥
让我们都成为一条条鱼儿
在彼此的母亲河里自由来往

2007 年 7 月 5 日

在腾格里沙漠

在腾格里沙漠
我把耳朵
紧贴在骆驼的脚印里
倾听到了一种
坚强的歌唱

在腾格里沙漠
我亲吻着一株
矮小的沙棘
它挺立在风中
就像勇士一样

在腾格里沙漠
我追逐着一只
漂亮的甲壳虫
很想知道
它住在什么样的地方

在腾格里沙漠
我对着一汪浅浅的清泉膜拜
她这妩媚的少女
竟让狂肆的沙丘

都肃立在一旁

在腾格里沙漠
我把许多感叹
都装进了背囊
我不带走一粒黄沙
我带走了大漠中的梦想

2005 年 3 月 16 日

长城是一个长长的梦

长城是一个长长的梦
串联起关山　大漠　海市蜃景
梦很奇特
灰烬般的色彩
凝重了造梦者的神经

长城是一个长长的梦
总在危险的高度萦绕
此时有形
彼时无形
困惑了城内城外的心胸

长城是一个长长的梦
也很柔软
也很坚硬
阻止了金戈铁马
却经不住一个女人的哭声

2008年1月13日

壶口瀑布

好一个大黄河
在这里
竟跌入了十里龙槽中
怒吼也罢
奔腾也罢
跳跃也罢
只落得天下黄河一壶收
立在岁月里的那个大禹
总在欣赏自己的杰作
他随时都会拎起这把壶
把黄河倾倒在大海里

2006 年 4 月 23 日

东湖吟

走遍了东西南北
看惯了四处的风光
东湖是一方大美的地方
这一处灵秀的山水啊
让人一走进就有倾情的爱
让人一接近就有美的遐想

我爱站在磨山之巅看东湖
欣赏它的风范气度
领略它的仪态万方
九十九湾相交错
大湖小湖碧波扬
朗朗之日满目锦绣
淫雨之时茫茫苍苍
看一眼神清气爽
望一望胸胆豪放

我爱驾一叶小舟
漂浮在湖面上
朝霞里看山峦吐翠
夕阳里看鸟儿戏浪
湖水盈盈献温情

草木郁郁送幽香
湖光山色成一统
乐而忘返不思量

东湖里的每一处景点
都是诗情画意的地方
绿色步道宽又长
串起一路好风光
楚天台高气轩昂
金凤飞舞生吉祥
听涛轩里听涛声
随波而歌最欢畅
长天楼上放眼望
碧波蓝天美无双
湖心亭里爽气来
鸥飞燕翔绕画梁
古朴雄浑九女墩
风振铃响豪气壮
行吟阁前屈子吟
一部《离骚》千古唱
落雁岛上好悠然
梅园樱园花芬芳
看不尽东湖八十里景
走不出山水大画廊

我走过很多很多的地方
对东湖的感觉就是不一样
它充盈着自然之美
不饰粉黛简梳妆
它超然脱俗
靓靓丽丽大气象
它四季都在变化中
一季一个俊模样
走遍了东西南北
看惯了四处的风光
东湖是一方大美的地方
美在自然里
美在人心上

2004 年 12 月 2 日

岳阳楼

不是为了一座楼
而是为了一篇文章
我才来到这里
而今
那个做文者
早离我们而去了
他只把自己的思想
留在了这座楼上
在后人千百年的阅读中
这座楼
便有了思想者的光芒

2003 年 3 月 1 日

兵马俑

不知道为什么
要把这威武的阵势
深埋在黄土下
不知道为什么
要把这雄壮的队列
尘封在黑暗里
不知道为什么
要把这剽悍的武士
幽禁在坑道中
不知道为什么
要把这坚固的战车
紧锁在地层里
这一切
都伴随着一个帝王的梦
在静静地等待着

然而梦是不会再醒了
兵马俑却要破土而出
它们再也忍受不了
这长久的困囿
它们要寻回
那种冲锋的激越

那种搏杀的勇气
那种团队的力量
那种横扫六合的气势
当兵马俑抖落尘埃
千年一叹冲出了地面
全世界都失去了
对它们表述的语言

2005 年 3 月 5 日

爬山的时候

爬山的时候
不愿看到倒伏的树木
它们无力地横卧着
成为失败的长叹

不愿看到
山间的潺潺溪流
相背而行的姿态
不是攀登者的伙伴

也不愿看到
石头上那些裸露的刻字
人工雕琢的思想
远不如脚下的诗篇

但愿来一场暴雨
将我淋得彻骨的激动
我抖擞沉重的翅膀
穿越岩石里的火焰

但愿来一阵狂风
将我奔放成手舞足蹈

我不需要任何攀援
成为快乐上升的一个逗点

但愿来一片云霭
一下子蒙住我的双眼
我要凭借自己的想象
感觉前进中的峰回路转

爬山的时候
只有一句誓言
站在被征服的高度上
看越来越近的天

2009年1月31日

黄河上的羊皮筏子

乘坐羊皮筏子
伸手就能触摸黄河的波浪
浪头很温顺
早已被羊皮筏子征服了
驾筏的汉子爱讲故事
每一个都与黄河有关
有时记不起情节
就朝金黄的水里多瞟几眼
或者吼一声信天游
一下子就激动了黄河的情感
无人乘坐时
羊皮筏子被晾在河滩
远远望去
不知道是什么奇怪的东西

1995 年 1 月 20 日

神农架

我在你的云蒸霞蔚里漫游
放开所有的目光
也看不清你的容颜
你将自己牢牢包裹着
千年万年
只留下一个永远的迷幻

我在你的崇山峻岭里跋涉
用尽所有的力量
也攀不上你的峰巅
你那巍峨的圣境
千年万年
只给世界一个仰望和企盼

我在你的密林里穿行
用所有的想象力做伴
也走不到你传说的终点
你无数的枝蔓编织着美丽和神奇
千年万年
生长出阅读不尽的诗卷

我在你的溪流里徜徉

焕发所有的激情
也寻觅不到你生命的源泉
你总在唱着自己的歌谣
千年万年
流动成了抒情的经典

神农架啊
我真的不知道
你是一座什么样的山

2004 年 8 月 20 日

龙门石窟

站在伊水岸边
依然能听得到
来自遥远年代里的敲击声
魏晋的飘逸
隋唐的芳华
都被先人们
雕刻进了一座座窟龛里
穿越时光的凿壁之音
是龙门永恒的主题歌

这里有十万造像
大多都残缺了
残缺了的龙门
却厚重了中国的文化思想
伊水从不喧哗
佛像从不言语
然而有一种气息
始终在这里暗香流动

2006 年 2 月 15 日

少林寺

少林其实并不大
嵩山下的几重院落
被掩映在苍翠中
不尽的长风串联起烟雨故事

这里从没安静过
从十三棍僧救唐王的呐喊
到和尚们大块吃肉大碗喝酒
以及现在武校里的使枪弄棒
少林总是落拓不羁　独立禅境
可以幽思　可以激越
松间明月　大河奔流
总是少林的情怀

来到这里首先被一种功夫震撼着
在经历了摄魂动魄之后
平心静气双手合十
与塔林里那些长眠的智者
和庭院里的碑碣对话
探寻这古刹千年不衰的奥秘

2008 年 11 月 5 日

死火山口

自从那一次
你突然激动后
就变得默默无语
再也吐露不出彩色的情感
如果仅仅为了一时的痛快
就把话儿说完
倒不如慢慢讲述炽热的故事

1988 年 7 月 3 日

我来啦

寻山访水
风光万千
喊一声我来啦
一句话酣畅淋漓
成为快乐的宣言

我来啦
傲立峰巅
抚摸千里群山
我来啦
任流水远去
轻盈的思绪飞扬在浪尖
我来啦
胸中装下
剽悍大漠
飞马草原
我来啦
曲径通幽
小桥人家
都在诗词歌赋间
一声我来了
是生命的舒展奔放

一声我来啦
是亲山亲水的呼唤
寻寻觅觅
世上没有心到不了的地方
踏破铁鞋
人是最好的风景线

风说
跟着人走
一路就有新发现
云说
跟着人走
就有一双美的慧眼
飞霞流岚
人的光影闪烁
烟雨空蒙
人在画中点染
我来啦
站在美的背景前抒情
眼前的这一幅山水画
因这一声呼唤
便有了明亮的落款

2018 年 6 月 13 日

五月的红叶

我来得不是时候
在香山
五月的日子里
是看不见红叶的
满树满树的绿
将连绵的山峦
装点成苍翠
我买了一枚红叶的标本
别在胸前
在红色的希望里行走
丰富的感觉充盈着瞳孔
突然看见
所有的叶都红了起来
一片灿烂的霞
我伸手要把红叶采去
胸前的那枚却不翼而飞

2014 年 5 月 26 日

敦煌鸣沙山月牙泉

我说你是清澈的眼睛
洞察大漠里所有的秘密
我说你是明亮的宝镜
凝聚大漠里所有的光泽
我说你是一颗最平静的心
与流沙飞瀑做一场妩媚的战争
我说你是一汪深情
是从大漠的最深处渗出的渴望
我说你是奇妙的涟漪
将泉水吟成月牙的形状
你是柔韧的灵性
大漠沙画上绝妙的题款

2015 年 2 月 24 日

大别山

关于这座山
我要用特别的思考
单单从一个层面
很难读懂它的存在
那些单纯无比的绿
绵延浩荡
满山满岭的翡翠
总在洇染着世界
无论站在何处
都能选到最好的背景
而渗入它体内的
那些跌宕起伏的热血
如沸腾的岩浆
赤热着情怀

那些嶙峋的顽石
总在坚固着山的形象
沉默成万古千秋
一旦石破天惊
被压抑的激情
就瞬间燃烧
穿过苍茫

一路飞奔
姿态嘹亮

大别山的雾霾是流动的
流动成变幻的目光
看月落日出
山水舞动
万千气象
大别山的雾霾是凝固的
凝固成永不飘动的蓝天
在素洁的诗意里
白云安详

那些永不枯竭的山泉
用纯正的方言
唱着自己的歌谣
一声声酥软心骨
它们是奇妙的
轻轻地掬一捧
一个个幸福的念头
就纷纷的生长

至于挺拔的修竹
至于燃烧的杜鹃

还有蓬勃的苞茅
刚健的松柏
生生不息中
让大别山的信念根深叶茂

而寺院的钟声
茶园的歌唱
乡野的小调
随风而传　迷恋着岁月
它们永恒成经典
注进大别山的灵魂

对于大别山
我必须成为它岩层里
永远生长的话语
用铿锵有力的语调
讲述他特别的故事

2012 年 9 月 8 日

沙湖·野鸭

这一方水
这一幅画
我该从何处
寻找它的点睛之处
是那亭台楼阁
朴素典雅
还是她的小桥流水
烟雨云霞
抑或是碧碧的荷叶
湖中高楼的倒影
这一切好像都是
又似乎缺少灵动的笔画

那天　我漫步沙湖
突然看见了几只野鸭
在水面上扑棱
灵巧的身子
激起了欢乐的浪花
并用自己特有的歌喉
一声声浅唱着
这让我有了久违的冲动
此刻我真的相信

这是沙湖最动情的刹那

有水就应该有鸟

水托起鸟的舞蹈

鸟书写水的风华

小鸭子的一个飞翔

就让这一湖水

有了温情的潋滟

小鸭子的一双翅膀

轻轻地一抖

就给了这一幅画

涂抹了生活的精彩

沙湖　野鸭

野鸭　沙湖

一种城中风景的最美组合

2013 年 1 月 24 日

竹

以坚锐之力
冲出地面　拔节而生
一身翠绿　优雅人间
虚怀若谷
不羡大树伟岸
精美之躯
随风摇曳
总是诗情画卷
挺拔刚直　能屈能弯
结伴成林　根系相连
刺破云天映霞光
宁静致远天地宽
无论平川山野
无论酷暑严寒
受命不迁笑傲江湖
活就活个自在安然
一竿修竹
谁能比肩

2019 年 5 月 26 日

一棵小草

一棵小草
不愿孤零
总爱和其他小草紧挨着
排成一种阵势
绿就绿成一片翡翠
黄就黄成满目苍茫
一棵草上发生的故事
所有的草上都会发生
一棵草
有着一片草的追求
一片草
有着一棵草的性情
离离原野上
它们一起唱着
野火烧不尽
春风吹又生

2018 年 5 月 20 日

呼唤江豚

用世上最美的名字呼唤它
用世上最美的感情呼唤它
一群保护江豚的志愿者
总在江畔放飞深情
声波在江流里闪亮
江豚听到了

这是千百年万来
它们不曾听到过的声音
千呼万唤声声缠绵
江豚终于感动了
从围捕者电网的边缘
从螺旋桨的绞杀中
果敢地冲出水面
朝着呼唤者的方向
露出光滑的脊背
给了人类一个美丽的回望

它们记得
在江水里自由自在的日子
奔腾万里的长流之中
有一种属于自己的意境

他们更记得
水下那些防不胜防的欲望
让他们失去了昔日的乐园
终日胆怯和忧伤
他们始终不明白
同一条江河
为什么会有两副心肠

江豚听到了呼唤
这是抚慰心灵的声音
低一声　高一声
快一声　慢一声
声声传情
一头江豚来了
一家子的江豚来了
一群的江豚来了
此刻
那些志愿者们
就在梦幻般的水天里
消逝了自己
一个个都成为江豚

2017 年 11 月 27 日

走过三峡

神女走过
走成亘古不变的石像
奇峰上凝神而立
瑰姿玮态　孤独忧伤

屈原走过
一身傲骨的三闾大夫
天地间独来独往
三峡是他的家乡
受命不迁的后皇嘉树
生长出刚正的思想

昭君走过
峡江的激流
打开了她的心窗
怀抱琵琶出边关
和亲之举　大义传扬

刘皇叔来了
一身郁闷疲惫
再也无法主宰山河
白帝城上

留下了临终托孤的悲怆

郦道元来了
一部《水经注》
写尽三峡风光
山高奇峻　飞流冲荡
只听得重岩叠嶂间
猿猴长鸣　空谷绝响

杜甫来了
夔府孤城落日斜
每依北斗望京华
他的秋兴八首诗章
穿过巫山巫峡的萧森
凝成悲秋忧国的感伤

朝辞白帝彩云间
千里江陵一日还
李太白来了
多么欢欣的向往
轻舟驰江流
彩云照青山
诗在浪尖上飞扬

从三峡走过的人
都会激起峡江的波浪
这一派山水
是生命最不安宁的地方

2017 年 5 月 25 日

苏堤　白堤

两个做官的文人
在西湖上修了两条堤
一条南北
一条东西
堤没有什么特别之处
只不过用湖泥筑成
因了两个骚客
就成了风景
从唐宋到如今
一路的传说不休
苏堤春晓
白堤柳荫
何处最优雅
谁也不去评说
两支写出了千古文章的笔
绘出的这两根线条
一直是西湖盈盈的神经

2014 年 11 月 24 日

江水从我的城市经过

江水从我的城市经过
流水自西向东
水的刀法很神奇
刻出了三足鼎立的城
城里足够的水
滋润着每一个日子
一生拥有江河的人们
沉醉在朗朗的涛声里
自己的心里也有了一条江河
带着鱼群游弋
引导船只靠岸
编排浪花的舞蹈
甚至中流击水
从江水里牵扯出的故事
流利而酣畅
每一个章节
都是江和城最得意的唱段

2014 年 11 月 23 日

关于水

关于水的赞美
老子说的最好
一句上善若水
把水褒扬到了极致
水利万物而不争
流水的去处
总是道德的海

关于水的感叹
孔子说的最好
子在川上曰
逝者如斯夫
一江春水
不舍昼夜
两岸落花成雪
美过之后
就瞬间凋谢

关于水的治理
大禹做得最好
他因势利导
与水相拥共舞

治水的哲学
成就了治国的理念
他三过家门而不入
是天下最深刻的抒情

关于水的文章
郦道元写得最好
一部《水经注》
描自然地理
绘河流山川
每一条水系里
都有他真诚的笔触

2013 年 5 月 15 日

黄鹤楼

登这座楼
需要插上一双翅膀
去追寻那些传说
仙人子安的黄鹤
早已远去了
只留下一片影子
让后来者去猜想
那些鹤和这座楼
缠绵不尽的情愫
一群群鹤灵性十足
衔着白云痴情地徘徊
吉祥的羽毛饱染霞光
重重地涂抹着黄鹤楼
在神龟和金蛇的意境里
一座楼涅槃成图腾

这座楼是用诗句构成的
韵味悠长的中国文字
在这里实现了最好的抒情
崔颢的诗
李白的诗
岳飞的诗

毛泽东的诗

心潮润笔　狂澜立意

忧愁风雨　肝胆剑气

华章佳句千古风流

琼楼玉阁文脉流贯

登斯楼

但见长天寥寥

大江滔滔

烽烟落日

改代换朝

还能依稀看到

孤帆远影

晴川碧树

萋萋芳草

一座楼气宇浩然

一群鹤佛光普照

而李白崔颢们

则玉树临风

听玉笛声声

任诗绪逍遥

2017 年 6 月 17 日

吐鲁番的葡萄

走下天山
一头扎进葡萄沟
贪婪地吃着
吐鲁番的葡萄

我是躺在葡萄架下
婴儿吃奶一样
吃着乳头般的葡萄的
葡萄里一滴一滴的糖
蜜一样地穿过内心
将我紧紧地黏连在地
于是就躺在那里想象
想象天山的雪水和葡萄的亲缘
想象低凹炎热的沟壑里
如何会有一种清甜的流动
想象维吾尔族的大姑娘
怎样培育葡萄的情感
让每一颗葡萄的光泽
都像自己的眼神一样迷人
想象库尔班大叔和他的毛驴
驮着风干的葡萄
一路游走一路吆喝的欢欣

想着想着

就栖居在了葡萄里

将自己酝酿成了

一身的翡翠

2009 年 5 月 13 日

火焰山与葡萄沟

一个是燃烧的烈火
炙烤着苍穹和大漠
一个是清甜的沟壑
吮吸着坎儿井的水
天山的雪
一个是赤热的屏障
阻挡住怯懦者的脚步
一个是翠绿的乐园
迎接八方的来客
一个是赤裸的胸膛
忍受着凛冽的风
岁月的干涸
一个是柔美中的坚韧
生长出一串串珍珠般的果
火焰山和葡萄沟
就是这样紧邻着
就是这样厮守着
他的激情　她的信念
在一方土地上
神奇地融合

2005 年 9 月 25 日

斑竹

洒在翠竹上的那一滴滴泪
至今还没有滑落
痴情的湘妃啊
为舜帝攀竹而哭
竹在她们的泪光里
变得了通体斑斓
于是这君山之竹
就有了异样的美
在思念的慰藉中
爱生长成了永恒

2006 年 5 月 18 日

注：洞庭湖君山之上有斑竹生长。相传当年舜帝南巡，在此地驾崩。二妃娥皇、女英攀竹而哭，泪珠滴在竹上，竟成斑竹。

入海口的水

入海口的水
止不住地放慢了速度
带着一路流程的思索
来朝觐大海

不再奔腾飞溅
不再低吟浅唱
把握着时光里的节奏
进入到一种壮阔和平静

明知道要改变颜色
明知道要改变味道
明知道要改变性格
可偏偏要在义无反顾之中
完成一次忘我的追寻

2008 年 4 月 14 日

槐

对于槐
总有一种特殊的情感
相传　我的先人
就居住在大槐树下
世世代代　生息繁衍
那年　他们中的一些人
要远远地迁徙了
大伙都聚集在槐的下面
商议大事
众人将一口铁祸
摔成了十八瓣
期待着来日团聚之时
拼成一个同心圆
然后　齐刷刷跪下
祈祷槐带给幸福平安
槐热烈地站着
没有说话
满树的槐花散发着清香
伴随先人们走远
先人们就热烈地活着
耕云播雨岁岁年年
一茬茬的时光里

充满了槐的气质

在所有的树中
槐始终是我的最爱
它热烈地站着
挺拔我的生命
燃烧我的信念

2007 年 12 月 29 日

少女和椰子

轻轻地挑落一个椰子
椰林里响起一声叮咚
少女欢欣地跑了过去
将椰子紧紧地捧在手中

她不停地摇动坚硬的椰子
倾听里面柔美的心声
满园的椰子都朝她点头
她进入了童话般的意境

少女熟练地剖开了椰子
脸上荡漾着幸福的笑容
乳白的椰汁散发出清香
融进了微微的椰林之风

少女美美地啜饮
身上洒满了斑驳的光影
她慢慢地醉了
倚在椰树上做着甜蜜的梦

2003 年 2 月 17 日

车过黄河

车过黄河
有意放慢了速度
给所有的旅人一个朝圣的机会
在黄河的境界里穿行
人都变得有了激情
如黄河之鲤与黄河化不开的情愫

我却闭着眼睛
任黄河之浪从胸中奔流
每一个浪头上
都能读到千古不灭的故事

我却敞开衣襟
任黄河之风灌满胸怀
每一缕吹拂中
都能滋生一种雄放的气概
车过黄河很久了
我才睁开双目
但见黄河之水
正在滋润着千里沃原

2007 年 6 月 21 日

虎跳峡

是谁
将千万只猛虎
驱赶到这狭窄之处
是谁
将千万条蛟龙
放逐到这逼仄的地方
它们撕咬着
怒吼着
撞击着
硬是在千仞顽石中
辟开了一条生命的通道
俯瞰这惊世骇俗的壮观
峡不再是峡
水不再是水
只有无与伦比的力量

2003 年 8 月 19 日

乐山大佛

用整座山塑造自己
让三江之水滋润自己
好一座乐山大佛
稳坐蜀地千年
点化人间风雨
不做小庙里的菩萨
不做古刹里的尊神
用沟通天地的力量
将佛的形象宣扬到极致

2006 年 7 月 2 日

阳关故址

依旧是戈壁苍苍
依旧是黄沙茫茫
依旧是长风啸啸
依旧是烽燧高耸
唯独不见了阳关城

戍边征战的将士哪里去了
出行西域的使者哪里去了
丝绸之路的驼队哪里去了
一片古董滩
掩埋了汉唐雄风

站在这里
不敢向前一步
生怕触动了历史的神经
默默地站成了一种送别
静听阳关三叠之声

2008 年 3 月 24 日

文成公主与日月山

翻过了这座山
就跃上了青藏高原
吐蕃的经幡神秘地飘动着
迎候大唐的一位女子

她站在这里
禁不住回望长安
大唐的气象
和她心中的气象
在一种新的高度上飞扬

她捧出日月宝镜
理一理云鬓
两颊红润丰满
一抬头
看到了高原上的一只鹰
正欢欣地盘旋

2008年8月13日

黄果树瀑布

你是白水河里激情的水
你不甘循规蹈矩
在静静地流淌中变得喑哑
你知道　如果没有果敢的行为
生命中就不会有光华
你积蓄着力量
寻找着时机
终于在这河床断落之处
从高高的层崖之巅
勇猛一跳完成了一次水的嬗变
从此　你成了伟大的歌者
凭高作浪　雷奔云泻
让水的音符快乐地飘荡
从此　你成了最美的长虹
云垂烟接　霞光闪耀
从此　你成了憧憧幻景
轻纱薄雾　玉珠迸溅　万般妖娆
你是白水河里激情的水
一个壮美的姿态
让全世界惊叹

2007 年 10 月 14 日

我的心扉上　刻满了山的记忆

爬过华山
爬过泰山
爬过黄山
爬过峨眉
爬过许多有名的无名的山
我的心扉上
刻满了山的记忆

在华山的那条孤道上
我义无反顾
以华山论剑的豪情
直逼摩天的高度
悬岩敞开怀抱
一步就是千年
秦岭逶迤　黄河如练

登泰山的时候
总觉得和帝王圣贤们一起恭行
怀着封禅般的虔诚
脚步走成了庄严
天街上提着装满了星星的灯笼
寻找岁月的遗言

记得游黄山的时候
细雨蒙蒙
不见了秀姿丽容
来到笔峰前
一下子拔起那管笔
饱蘸云岚雾霭
画出自己的黄山

上峨眉很惬意
有一种寻仙求道的感觉
金顶之上看佛光
顿觉飘渺了起来
心情绽放成花雨
自由自在地洒落

三十岁攀华山
四十岁登泰山
五十岁游黄山
六十岁上峨眉
我把人生中的许多个段落
都在山头上留下了标记

2010年12月9日

走进香溪

走进香溪
就想起了昭君那位女子
她浣衣的河水依然清甜
掬一捧
还能闻到脂粉的香气
自从那一年
她离开这里
就再也没有归来
她把香溪带进了长安
带进了漠北
家乡的香溪想着她啊
流动成了她优美的姿态
她也想着香溪呀
那粉红透明的桃花鱼
是她抛洒的泪滴

2000 年 6 月 8 日

藏羚羊正穿过青藏铁路

一幅流动的画面
激动了世界的目光
一群珍稀的藏羚羊
正穿越青藏铁路
迁徙到新的地方
它们很有秩序
一点也不惊慌
像一支探秘的队伍
走在人类开辟的通道上

蓝天飘浮着洁白的云朵
雪山闪耀着银色的光芒
幸福的天路通向了可可西里
藏羚羊把新的生命之歌唱响

这些雪域高原的精灵
心中曾留下深痛的创伤
那些狂乱追逐和呼啸的子弹
无情地践踏过它们的梦想
而今　一条吉祥的飘带
护佑着这片美丽的天堂

藏羚羊穿过了青藏铁路
一个个深情地驻足回望
这一幕镌刻在世界的最高处
这里是人类和藏羚羊
心灵会师的地方

2006 年 7 月 7 日

山峰上的雪

山峰上的雪是最圣洁的雪
花瓣饱满而晶莹
以一种纯粹的光焰
明亮人们向上的视野

山峰上的雪是最坚硬的雪
柔软在凛冽中嬗变
以岿然不动的姿态
增添山的威仪

山峰上的雪是最孤傲的雪
冷眼逼视世界
任凭暖雨熏风的诱惑
也不会停止冷静的思索

山峰上的雪是最真诚的雪
坚守着自己的选择
即使化身成水
也要滋润着整座山体

2012 年 1 月 31 日

日月潭

早就听说了这潭水
澄澈　明净
早就听说了这潭水
深厚　丰盈
早就听说了这潭水
有日月之情
这潭水
在我宽阔的心内
早已凝成了思念

而今游于这潭水上
我陡峭的身影
映成水面的波光
在日潭和月潭的缠缱中
成为永不消逝的虹

2010 年 7 月 21 日

下扬州

那年
下扬州
不在烟花三月天
没能搭上孟浩然的船
也没能看见
李白在黄鹤楼下
极目远送的身影
我是在秋日里下扬州的
冲着杜牧的诗句而去
想看二十四桥明月夜
想听玉人吹箫
想在瘦西湖的柔波里
婉转于绿柳白塔之间
在扬州
总也猜不透
那些绵绵幽思
一道无边的风景
漂流着滔滔的传奇

累了饿了
就选些扬州的小吃吧
煮干丝　狮子头　扬州炒饭

一番舌尖上的快乐后
扬州的气息就沁入肺腑了
此时进入梦中
但见那个微服私访的乾隆
又一次沿着运河而来

2014 年 7 月 21 日

江汉平原

感谢长江
感谢汉江
造就了这块大平原
坦坦荡荡
四万平方公里的锦绣
宽阔博大
任时光铺展成一马平川

那些绵延不断的长堤
总在维系着平原的生命
一层一层地夯实着岁月
铭刻着水与土的恩怨
走在大堤上
读不尽平原的《水经注》
看不完平原的悲和欢

稻麦的黄
油菜花的艳
棉花的白
荷花的红
变幻着平原的色调
浓浓烈烈

永不褪色的绚烂

星罗棋布的湖泊里
驾一叶小舟
一网网撒下去
收获的不仅是鱼虾
还有多情的渔歌
生命的舒展
空阔中放开心情
呼唤这上善之水
永存在天地之间

一大片一大片的湿地里
芦苇飘荡
碧草连连
盛开着鸟鸣
飞翔着花语
走进其中
人一下子变得单纯
每一句话都是芬芳的语言

细雨中
骑在牛背上
戴一斗笠

披一蓑衣

弄一短笛

四野空空

烟云蒙蒙

一个很诗情的符号

写意着平原的吉祥安然

田头的水车

谷场上的石滚

采菱的村姑

摸鱼的少年

这些沉寂的画面

随便抽出哪一张

都是永远的经典

五月的龙舟

正月的旱船

装满祈祷

装满五谷丰登

在平原上展开了抒情的节奏

划啊划

划出一代又一代的希望

划出力量和思念

婉转悠扬的民歌
小曲道情
楚腔和汉调
渗入到平原的血脉里
跌宕起伏
成为生生不息的咏叹

走在平原的敏感之处
一不留神
就会绊动历史的神经
那些纷纷扬扬的故事
就一下子涌出了地面

话说长江
话说汉江
总绕不过江汉大平原
在这片水与土缠绵的板块上
我的心啊总在飞旋

2011 年 11 月 23 日

生活缤纷

生活是什么

生活是什么
生活是常常要品尝的酸甜苦辣
生活是挥之不去的喜怒哀乐
生活是春夏秋冬不同的风景
生活是一条川流不息的长河
生活是孩童们没有忧愁的笑脸
生活是情侣们花前月下的诉说
生活是中年人肩头卸不下的包袱
生活是老人们深情的回忆和思索
生活是夫妻间剪不断的恩爱情缘
生活是朋友们的理解与融和
生活是面对朝霞和鲜花的遐想
生活是遭遇风雨雷电时的气魄
生活是富贵中的平常之心
生活是贫贱中刚毅的性格
生活公正地善待每一个人
生活最怕一个个机会擦肩而过
生活最看重人生的价值
生活每天都在创造和收获
生活的色彩总是赤橙黄绿青蓝紫
生活的旋律总是昂扬激情和热烈
生活是我们每天都要交出的人生答卷

生活容不得半点欺骗和冷漠
生活总在我们的把握之中
生活啊
每天都是一首崭新的歌

2002年8月13日

老百姓

赵钱孙李芸芸众生
滚滚红尘里
走来了咱们的老百姓
一个个小小的人物
把社会的大舞台
闹腾得热烈生动
都在为生存而奔波
都盼望一个好前程
但愿天下多太平
风调雨顺过年景
但愿家家都幸福
老老少少乐融融
老百姓啊老百姓
心中的太阳最光明

老百姓活得有滋味
人间的烟火永不停
老百姓活得很自在
嬉笑怒骂现本性
老百姓活着最知足
无求富贵无虚荣
常怀一颗感恩的心

踏踏实实朝前行
老百姓活得不容易
家家都有难念的经
柴米油盐细盘算
生老病死总关情
春去秋来一年年
风风雨雨度人生

老百姓眼睛最明亮
老百姓善恶最分明
老百姓心里没有鬼
老百姓处事最坦诚
老百姓最通情和达理
艰难屈辱能担承
老百姓最关心国家的事
匹夫有责道义重
老百姓生活在最底层
尝遍世态炎凉　惯看秋月春风
老百姓其实最伟大　默默无闻献忠诚
小草都是顶梁柱　同把天地来支撑
老百姓啊老百姓　普天之下你最可敬

2006 年 3 月 7 日

路

天底下　阳光里　风雨中
一条条的路让我们行走
它们伸展着　蜿蜒着
或者宽阔　或者狭小
也许平坦　也许坎坷
交织成了一幅神奇的八阵图
我们都在这阵势里穿行
谁也不知道会走上哪一条路
也许你很幸运
踏上了一条康庄大路
风和日丽　鲜花铺就
也许你很落魄
在西风凋碧树的小道上踽踽而行
好像永远走不到尽头
有时　你面前的锦绣之路
突然中断了
让你陷入无边的痛苦
有时　你在崎岖中攀行
忽然间柳暗花明
通天的大道九百九十九
路啊　真是前程莫测
谁也不能说

一辈子会风调雨顺走着自己的路

路是上帝制造的一把尺子
测试着你的每一个脚印
丈量着你人生的高度
路是一条条飘带
让你舞之蹈之
又会羁绊住你的脚步
走在它的上面
给你几分自由　又有几分约束
何时大步　何时小步
何时快步　何时慢步
何时暂且停下脚步
何时欲进先退一步
都有许多的秘籍
深藏在每一条道路

红尘滚滚
我们都在匆匆赶路
但愿山不重水不复
风休住雨休住
一派光明好前途

2005 年 10 月 6 日

都市里的捕鱼者

驾一叶小舟
他在都市的江面捕鱼
站在两岸的高楼上
看不见他的踪影
他在江流里
颠簸着自己的人生
船很古老
桨很古老
就连那张网
也是用古老的时光编织的
他用很古老的捕鱼姿态
在都市里独立成一道风景

他爱站在船头上
和来往的巨轮
和飞翔的小鸟打着招呼
还有那只小花狗也汪汪地叫着
船在浪波里欢快地摇动
人们喜爱他的鱼虾
更爱听他讲水上的故事
兴致高的时候
他会把大伙带进船舱

像博物馆的讲解员一样
诠释着小船上的神秘
他不愿上岸
不愿舍弃那撒网的舞蹈
他说
看惯了水中的鱼儿
自己也成了一条鱼
如果离开了那片水面
心真的就没有了着落

2006 年 5 月 24 日

朋友

我在茫茫的人海里行走
寻找我真诚的朋友
他们并非高官显贵
也不一定豪奢富有
他们并非才俊佳人
也不一定倜傥风流
他们只是一朵普通的浪花
融入了人生的滚滚潮流
有幸和我这一颗水珠亲切地碰撞
于是　便有了相识的快乐
便有了相知的渴求
从此　我们就敞开了心灵的世界
任情感结伴神游
当我一帆风顺的时候
他会很冷静地帮我把握着船头
当他落难的时候
我会无声地伸出援助之手
当我心灵痛苦的时候
他会引来春风
慰藉我的伤口
当他踌躇满志的时候
我会提醒他谨防多事之秋

当我畏葸不前的时候
他会给我勇敢的力量
当他光彩闪闪的时候
我就默默地站在他的身后
我们从不把朋友的称呼挂在嘴上
只是在心底里
将情感一点一点地渗透
于是　经历了冰火考验
走过了冬夏春秋
这一泓清泉
就永远凝在心头

我在茫茫的人海里行走
寻找我真诚的朋友
其实
朋友们就在我的身旁
一个个向我敞开着热烈的胸口
让我捧出我的肝胆
深情地呼唤一声吧
朋友
让我们都成为真诚的朋友

2000 年 9 月 6 日

妻子·钢琴

迁入新居
妻子执意要买回一架钢琴
她不是奢侈之人
她说　有了这架琴
弹奏着时间
时光的流水里
就多了一种鲜亮

钢琴庄重地摆放在大厅里
洁白的琴键
闪烁着奇妙的音符
一支曲子响起
无论欢畅还是忧郁
都是心事的诉说

妻子是初学之人
她知道
弹琴容不得心急
她是用很平静的心
调理着情绪的节奏
让日子里的色彩
慢慢地从十指间流过

自从有了这架琴
妻子就在欢欣中舒展着
她嗓子里的气流总是鼓鼓的
舌尖一阵阵发痒
清晨里的一缕霞光
静夜里的一片月色
或者风声　雨声
以及窗外的落雪无音
她都能感知到灵性飞扬
获得一种怡然和幸福

2010 年 1 月 25 日

过好每一天

我默默地祝福你
正如你默默地祝福我
过好每一天
每一天都会随风而去
让我们亲密地与它做伴
这一天也许你很快乐
你就在快乐中将幸福体验
这一天也许你很痛苦
但愿痛苦
不会将你的精神压弯
这一天也许你很惬意
你就在惬意中尽情地想象
这一天也许你很沮丧
但愿沮丧
不会成为你心灵的负担
每一天都会如期而至
每一天都有忧喜悲欢
不管我们遭遇到了什么
我们都要过好每一天
用从容和坦然的心情
拨动时光的琴弦
过好每一天

这是我们真诚的祝福
精神在一个个日子里升华
生命在一个个日子里舒展
生活在一个个日子里变美
愿望在一个个日子里实现
每一天都很生动
每一天都是新的起点
让我们的每一天
都成为时光里的一处驿站
我们会用最好的传递方式
将人生的故事传向遥远

2004 年 7 月 26 日

你的海棠含情而立

秋天　我来看你
又是个让诗都陶醉的季节
你还没有甜蜜的信息
你的住所很清净
清净得有些孤寂
只有窗台上的那盆海棠
才平添了几许闹意
你说一个人寂寞惯了
寂寞也有寂寞的乐趣

你何尝不想走出这片天地
奏响二人世界的旋律
你说你曾经试图过
可那根琴弦很难调理
于是孤独就成了你的慰藉
其实孤独中你也在寻觅
只不过从容不迫　平心静气
既然能够经历漫长
也就能够迎接遥远的希冀
秋天我来看你　你的海棠含情而立

1993 年 7 月 12 日

我在你的绿荫下歇息

我在你的绿荫下歇息
你的每一片叶子都很有情谊
当风儿轻轻吹拂的时候
我听到了它们喃喃地细语

月光柔和地洒落下来
你在朦胧中更加美丽
枝头的蝉儿停止了歌唱
静静的夜晚只有你的心曲

我将脸儿紧紧地贴着你
心里泛起绿色的涟漪
你的枝条微微地摇曳
整个夜晚我都在温柔的梦里

2007 年 6 月 8 日

车模

其实
她不会驾车
她倚在名贵的车上
柔腰红唇
营造香车美人的意境

她的微笑
很能让人想起
车奔驰起来时
那些阳光和风的心情

她的长腿和车轮的构图
很诗意
静止中
也有一种律动之美

车模和车
使购车的人
在梦幻中徘徊不已

2008 年 10 月 8 日

爱情永远年轻

——写给雪莲和欧利伟业婚礼的诗

在这个激情的日子里
我走进了你们的婚礼中
走进了你们热烈的爱恋
走进了你们幸福的憧憬
这个世界多么广大
在美丽的伊甸园里
你们为什么能够相逢
你的神气的白马
为什么在她的面前停下了脚步
你的温柔的双手
为什么紧紧地拉住了那根传情的缰绳
啊　我知道了
这都是上帝的旨意
我看到了上帝对你们慈爱地微笑
我听到了上帝对你们亲切地叮咛
我的雪莲
我的欧利伟业
从今天起
你们就要步入新的生活中
西方的情调

东方的传统
男人的性格
女人的心胸
都要在日子里一点一点地交融
愿你们在欢乐中品尝着美酒
愿你们在痛苦中抚慰着彼此的感情
愿你们在顺境中歌唱着前进
愿你们在坎坷中一起冒雨顶风
愿你们无怨无悔
走过以后漫漫的路程
此刻
让我们一起为你们祝福吧
人生百年不老
爱情永远年轻

2009 年 8 月 18 日

咖啡之夜

在临街的一处酒廊
他和她相对而坐
两杯咖啡不停地搅动着
夜被搅成了咖啡色
往事的影子
都在杯盏中泛起
谁也不愿先喝一口
这浓浓的咖啡
尝够了许多的苦涩
总感到甜蜜是很遥远的事情

恋人们都离去了
一个个陶醉的样子
只有他和她
还在用淡淡的思绪
回忆往昔的故事
咖啡并没冷却
那轻轻的搅拌之音
是这个夜晚
最悠长的心曲

2006 年 11 月 4 日

穿着一件羊羔皮背心

穿着一件羊羔皮背心
突然觉得
自己成了一只羊
前胸后背长满了白绒绒的毛
热烈地行走在严冬里
我对周围的一切视而不见
一心回到暖暖的草原

羊儿们都围了过来
在我身上不停地嗅着
然后　一个个惊恐地逃离
那些玉质般的光芒
消逝在草原的神秘里
我无趣地游走着
脚步越走越乱
在羊儿们的眼里
我是一只低吟徘徊的狼

2009 年 11 月 19 日

城市里的扁担

乡下人怀抱扁担
倚在城市的街道旁
无声无语的守候
扁担上的绳索
很难捆住城里人的目光

偶尔一声召唤
乡下人便急忙跟了过去
用超越负荷的力量
挑起了一天的生计
压弯了的扁担　嘎吱嘎吱
是城市的大合唱中
深沉的低音

2004年6月8日

看行人

常爱站在街头
看过往的行人
独自默默地
进入一种意境

看行人的步伐
能感觉到
小河的流淌
骏马的奔腾
交响乐的韵律
大地上永恒的声音

看行人的衣着
更深地理解了
世上为什么会有
变幻不定的模式
天空中为什么会生成
五彩的霓虹

看行人的神色
会慢慢发现
春天的风

夏天的雨
秋天的云
冬天的雪
怎么孕育了世界的表情

看街头的行人
如看一幅
永远在创作中的名画
倏忽间
一笔精彩
便跃然而出

2002 年 3 月 19 日

我登上了天安门

一个明丽的冬日
我穿戴得厚实而严整
仔细调试好了步履
随着观光的人群
登上了天安门

我不敢轻松
我知道自己很渺小
只能如此这般模样
增添一份朝觐时的虔诚

我是沿着开国大典时
伟人们走过的路线
登上城楼的
我试图重复他们的脚印
寻找一种灿烂的意象
在光洁的砖面上
我看到了自己轻浮的影子

站在城楼的中央
很想挥一挥手
或者对着空阔的广场

大声地说点什么
然而
一向激情浪漫的我
却不敢这样
头顶上偌大的红灯笼
庄重地悬挂着
曾经有一种声音
在这里响彻云天

2008年10月17日

农家菜

农家菜成了一种时尚
诱惑着城里人的味觉
田野里的气息
正甜蜜地流动过来

吃农家菜的地方都很乡土
墙上挂着玉米棒　大蒜头　辣椒串
墙角堆放着南瓜　土豆　马齿苋
桌面很大　板凳很长
坐在那里
可以随意采撷乡野的风光
村姑们的笑容
忠实地传达出了土地里的情感

吃农家菜的时候
人的心情很好
几块豆腐干
或者一盘油炸小河虾
就能咀嚼成绵长的话题

走进农家菜馆
人的野心很大

恨不能将所有的菜肴
都统吃一遍
尝尽那些久别的滋味

离开的时候
往往会摄影留念
除了自在和开怀
还有猫、狗、鸡亲密地做伴

2008 年 3 月 22 日

微笑

在这个世界上
我们多么需要微笑
需要明丽亲切的目光
需要舒展开朗的脸庞
需要从心底里
传出的那些真挚的问候和歌唱

微笑是灵性的鸟
优美地飞翔着
它的彩色的羽翼
只要轻轻地振动一下
就带动起我们抒情的想象

微笑是祥和的云
从容地飘动着
它用缤纷的情感
洒一片芳霖花雨
滋润着我们的心房

微笑是三月的风
悠悠地荡漾着
它轻轻地一个回眸

我们的心就醉了
沐浴着一缕缕暖阳

微笑是世上最美的语言
微笑是鲜花盛开的形象
微笑是小溪里潺潺的柔波
微笑是最有诗意的一抹霞光
微笑是生活的调色板上暖暖的色调
微笑啊
让我们的每一个日子
都变得温馨芬芳

2008 年 6 月 10 日

我固守着这处老房子

我固守着这处老房子
固守着凝聚不变的深情
从不愿离开这片心灵的圣土
儿子在这里出生
父母在这里安享晚年
妻子很精心地调理着日子
而我则在那张书桌上
写下了许多诗文
房子不大　南北通透
冬天阳光走进来
温暖着被窝
夏日里清风穿堂而过
捧一本书
亲吻灼热的语句
推开前窗后窗
与摩天大楼相隔甚远
心里亮亮的
说给妻子的情话
只有风听得见

我有楼顶的菜园
种植果木花蔬

用一种恬恬淡淡
培植绵长的根须
让我有足够的心情
感觉陶潜的悠然
我有长长的江滩
有绿绿的草坪
缤纷的风筝
和滑轮少年们的呼哨声
站在小小的阳台上
一展双臂
就能拥抱大江的豪壮
我知足常乐
在老房子里回忆过去的故事
编织未来的情节

我固守着这处老房子
我看惯了这里变幻的早晨和黄昏
飞翔的鸽阵
把每一天都舞蹈得很精彩
那块一百号的门牌
总是亮闪闪的
佩在老房子的胸前

2009年7月4日

走进这片温暖的土地

走进这片温暖的土地
我要深情地唤一声
我亲爱的农民兄弟
春光里写满了我的情爱
春风里饱含了我的敬意
走进这片宽阔的田野
就像走进了你们坦荡的胸怀里
掬一捧芳香的泥土
一下子就闻到了你们生命的气息
你们生于斯　长于斯
世世代代离不开这块土地
你们梦想着　追求着
朝朝暮暮眷恋着这块土地
土地养育了你们
你们也无私地奉献着
用一个农民的良心和责任
夯实着我们社会的根基
我知道　如果没有田野上的希望
哪有我们生活中的欢声笑语
我知道　如果没有你们结实的臂膀
哪能阻挡住风风雨雨
亲爱的农民朋友啊

我的伟大的兄弟
今天
当我走进你们的时候
我才真正地认识了你
你们还有很多的困难
你们还有很多的叹息
经济还没完全发展起来
生活还远远没有富裕
疾病得不到及时的治疗
孩子们上学很成问题
种子期待着优良的品格
土地呼唤着科学的管理
面对这一切
你们没有怨艾　只有努力
在这块土地上
生生不息地改变着自己
我常扪心自问
我该为你们做些什么
当你们忧愁的时候
我该怎样去排遣你们的焦虑
当你们无能为力的时候
我该怎样伸出援助之手
当你们渴求知识的时候
我该怎样传播科学的道理

我知道
我一个人实在太渺小了
只有融入伟大的集体
才能万涓成流
春风化雨
今天
当我走进这片温暖的土地
我要深情地唤一声
我们来了
我亲爱的农民兄弟
我们带来了一片情
它将化成五彩的云霓
我们带来了一片爱
它将激起你们心中幸福的涟漪
让我们在田野里
拥抱成最美的风景吧
给这个春天
一个永恒的记忆

注：2004年3月26日，参加楚天广播电台科技、卫生、文化三下乡慰问团，担任演出主持人之一，面对数千名农民观众，深情朗诵自己的这首诗作，受到热烈欢迎。

乡音

离开故乡太久了
总想听到老家的乡音
听到那些质朴的话语
听到那些亲切的呼唤
那些明朗爽快的音调
永远是我心中的回音壁里
最美妙的旋律

乡音总在情感中缠绵着
如果遇上了说家乡话的人
就会止不住地上去攀谈
用久违的方言打捞起对故乡的许多记忆
这时　故乡的影子就一下子清晰了起来
我又成了那个咿呀学语的孩童
在故乡流淌的母语里
开始了生命最初的歌唱
虽然现在很少说家乡话了
但我总顽强地保留那些尾音
让这些尾音飘飞成一条思念的路
随时都会叩响故乡的门

2007 年 3 月 11 日

我们习惯于赞美

我们习惯于赞美
习惯于随口而歌
一条河断流了
我们赞美它曾经波澜壮阔
一棵树被粗暴地砍到了
我们赞美它曾经高大巍峨
一条马路破败不堪
我们赞美行人能绕道而过
一支蜡烛流干了泪水
我们赞美它的奉献和执着
一片湖水污染了
我们依然赞美它往日的涟滟水波
我们常常脱口而出
把许多美好的词汇
献给那些司空见惯的生活
我们的想象中总是光明的
我们在不知不觉中原谅了许多愚昧和罪恶
我们习惯于赞美　习惯于一种单向的思索
我们走在了倾斜的路上
还在为自己的影子喝彩

2011 年 2 月 2 日

你一次又一次地欺骗我

你一次又一次地欺骗我
我一次又一次地相信你
你一次又一次地背离我
我一次又一次地等待你
你的谎言搅起团团迷雾
让我内心纠结不已

你总在向我传递美意
一件件披上了无缝的天衣
我站在高悬的心尖上迎候
一下子又跌入深深的谷底

我怀抱着飘渺的梦幻
惶惑不安地度着日子
心中的那只不死鸟
茫然无措地飞来飞去

我也有清醒的时候
很想捅破你的谜底
从你的骗局中冲突出来
不再自己困囿自己

可我总心存善念
以君子之心去度量你
期待着你云遮雾罩的胸海里
透露一丝明亮的虹霓
我就这样在你的陷阱里钻来钻去
跟着你做捉迷藏的游戏
我的双眼被紧紧蒙蔽着
不知道这游戏何时才有结局

2011 年 6 月 11 日

今冬　我的梅花没有开放

今冬
我的梅花没有开放
不见了粉红的花瓣
也闻不到淡淡的幽香
稀疏的枝条
与自己的季节默默无语
清癯的身子
站成了失落的模样

今冬
我的梅花没有开放
我无法在它的世界里
捕捉到美绽放之时
那种刹那间的姿态
也无法在它的意境里
平添思考的分量
它的荒凉的枝头
让我看什么
都感到苍白和无奈

今冬
我的梅花没有开放

其实它是为我的
它知道我的痛苦
生活中扬起的灰尘里
裹着阴谋　谎言
诡秘和欺诈
让我每走一步
都是沉重的喘息

今冬
我的梅花没有开放
悄悄中
它正孕育着坚强的花蕾
并召唤根部里那些涌动的音符
等待着一场昂首怒放的亮相

2011 年 1 月 3 日

我心中的护士站

就要离开你了
让我深情地说一声
再见　我心中的护士站
春光里写不尽我的感动
春风里带不走我的爱恋
这些日子里因为有了你
我拥有了明媚的春天

我是在一个很伤感的时候
带着很疲惫的身心
来到了你的身边
就像倦鸟期盼着恬静的树林
就像归航憧憬着温暖的港湾
你敞开博大的襟怀
与我热情地相拥
你高擎亮闪闪的火炬
将我生命的激情点燃
这时，我一下子走进了
一座美丽的伊甸园
那些白衣天使们
一个个舒展着爱的翅膀
优美地飞翔着

撒下一片片芳馨的花雨
滋润着我干涸的心田
于是，我的胸中就没有了阴霾
我的心头就荡除了哀怨
于是，我的心海里
就有了风平浪静　渔舟唱晚
护士站啊
你给我的生命行进中
带来了一缕缕新的期待
你把我的生命之歌
放飞得很远很远

这些日子里
我总陶醉在
天使们亲切的微笑里
那一张张和蔼的脸庞
凝聚了多少星光和朝霞
书写出了爱的经典
这些日子里
我总陶醉在
天使们轻柔的脚步中
那一阵阵很有情调的步履
使这里的一切
都变得安详和坦然

这些日子里
我总陶醉在
天使们温情的眼神里
在它爱的河流沐浴
心儿永远快乐地舒展
这些日子里
我总陶醉在
天使们精湛的技巧里
那种一丝不苟的科学劳动
让我看到了
什么是不倦的追求
什么是职业的尊严

谁说你的天地很封闭
谁说你只有单调的空间
谁说你只有小小的舞台
谁说外面的世界都比你精彩好看
你用自己独特的气质
架起了一座最绚丽的彩虹
揽尽人间情爱
编织缤纷的梦幻

护士站啊
就要离开你了

总有一种深深的依恋
这些日子里的故事
让我思念到永远
情感里有了这一份慰藉
爱的情愫就会生长蔓延
这些日子里的故事
让我感恩到永远
生命里有了这一种依托
前行中就有了蓬勃的信念
再见，我心中的护士站
忘不了，你这温暖的阳光地带
甘泉流淌　春风拂面
再见　我心中的护士站
忘不了
你这萋萋的芳草园里
永远有一则最美的童话在流传
啊，我心中的护士站

2008 年 5 月 9 日

步行街

走在步行街上
其实也很难行走
摩肩接踵的人群
让人迈不开脚步
一段短短的路程
总也走不到尽头
原本宽敞的街面
竟被重重叠叠的脚印
挤压得狭窄和拘束
来到这里
最大的收获就是看人
看一幅流动的市井图
有人很时髦
与广告上的摄影和画像很般配
吸引着来来往往的眼球
有人很悠闲
漫不经心地牵着小狗
有人很实惠
把降价和甩卖的东西
都抱在怀里
有人很好奇
在民俗的雕塑旁眉飞色舞

而那些很诱人的叫卖声
又给这缓缓的队伍
带来了几分躁动
走在步行街上
看到了各种各样的表情
有很自信的目光
有很灿烂的笑容
有左顾右盼的眼神
也有很郁闷的面孔
在这里
很难测试出气候的温度
也似乎分不出春夏秋冬
走在步行街上
没有闲庭信步的悠情

2005 年 2 月 3 日

仰望妈妈

——写在“非典”的日子里

每天这个时候
爸爸总拉着我的手
站在隔离区的外边
仰望着那座高高的楼
这时
妈妈会准时站在阳台上
向我们不停地挥手
我看不清她的面目
只见她身着洁白的防护服
在我眼前飘悠
像一朵吉祥的云
我拼命挥着手中的千纸鹤
向妈妈深情地问候

记得妈妈走的那天
她把我紧紧地搂在怀里
她说为了护理非典病人
要去参加一场特殊的战斗
从那天起
妈妈一个月没有回来了

我想妈妈呀
每天叠一只千纸鹤
放飞出心中的祝福

听妈妈在电话里说
她和病人是零距离的接触
一不小心
就会染上可怕的病毒
刚开始她也很害怕
她从没经历过这样的关头
她说她也想我们
就像在阵地上
想念亲人和朋友

妈妈是勇敢的
她和大家用无畏和信心
筑成了牢牢的壁垒
死死地扼住了病魔的咽喉
妈妈是亲善的
她用一片爱心
抚去病人心中的忧愁
她说在这个时候
她是自豪的
她说在这样的日子里

她才真正地理解了
白衣战士的风流
她说经历了这场灾难
她才真正读懂了一个伟大的民族

今天的这个时候
我和妈妈又相互招手
此刻
霞光照在她的身上
成为一尊很美的雕像
妈妈呀
您让我怎么也看不够

2003 年 9 月 16 日

一九七七年的那张照片

一九七七年的那张照片
是我和妻子的结婚照
在武汉长江大桥的下面
留住了一段岁月的影子

岁月很矜持
我和妻子也很矜持
没有拉手
没有拥抱
更没有亲吻
两个人比肩而立
用平静的呼吸
掩饰内心的爱恋和力量

那些个日子是单调的
许多色彩都在蛰伏着
只有黑白两种色彩
勾勒着我们的线条
一种纯净的光
明亮而温暖

背景是巍巍的大桥

和宽阔的江面
两个小人物
试图借助一种壮观
放大心中的愿望

两只手表成了奢侈之物
在裸露的手臂上
装饰成一道风景
时间在韶光里流淌着芬芳

一九七七年的那张照片
是我们的盟约
两个人的影子投放在大地上
从此就无法分离

2012 年 1 月 15 日

人往往无法确定自己

有时

你生活在别人的光辉里

有时

别人生活在你的影子里

有时

你是你自己

有时

你不知道自己是谁

人生旋转的舞台上

人往往无法确定自己

2011 年 9 月 15 日

卖玉米棒的小女孩

在偏僻的旅游点
一座低矮的茅屋旁
一个瘦弱的山里女孩
向人们出售煮熟的玉米棒
她不会叫卖
只是怯生生地站在
和她一样高的背篓旁
任一阵阵脚步经过
任一缕缕目光打量
她成了一道景观
有人把她取进了镜框

整整的一天
她只卖出了几棵玉米棒
她反复地数着零乱的小钱
脸上现出喜悦的光芒
正好可以买一支笔
和一个练习本
礼拜一写字
就不会写在沙地上

游客散尽的时候

她背起沉甸甸的背篓

爬上了高高的山梁

这时

风里传来了妈妈深情的呼唤

2000 年 7 月 13 日

夜行山路

还记得
八岁那年
和父亲夜行山路

这条山路
父亲是很熟悉的
是他外出做手艺的一条通道
仅凭着一点星光
他就能准确地判定
哪里应该爬坡
哪里可以疾行

山朦胧
人朦胧
父亲说
不要停步
就这样走到天亮
就到家了
看得出
明天有个好太阳

我实在太累了

就在一块石头上躺下
父亲撑开油布伞
小心地为我遮蔽着
他始终没合眼
默默地坐在那里
像一尊山神

这个夜晚很平静
只有父子俩的脚步
在我的梦里

1997 年 12 月 17 日

哀悼一只鸽子

一只鸽子突然死亡
霎时
我的眼前失去了欢乐的景象
刚才它还在自由地飞翔
为什么一下子
竟重重地陨落在这个地方
我痛苦地将它埋葬
只留下了一根羽毛
紧紧地握在手上
然后　就痴痴地仰望着蓝天
目光里一片苍茫
这时风里传来了鸽哨深情的声响
我落泪了
为了异类的朋友
我的心里充满了忧伤
那根羽毛被我反复地抚摸
悠悠的情感在心中荡漾
我一撒手
那只鸽子
又在空中慢舞轻飏

2002年9月3日

来吧　我们聊聊

来吧　我们聊聊
分手不见的这些年
都写下了什么传奇
被风洗浴的故事
一定很有味道
高潮时
是否一个人激情独白
低落处
是否一个人暗声哭泣
这些年的雨过水面
这些年的云卷云舒
我们心中的气候
该是怎样变幻着

聊一聊你那里和我这里
空气的颜色和味道
是爽心的日子多
还是不散的尘埃
困倦的眼神

聊一聊房价　堵车
金融危机　疾病流行

在这些纷乱中
我们是怎样无奈地穿梭着

聊一聊那些过早去世的朋友
他们挟带的那些雄风
怎样摔碎了他们
又能不能顺利地经过
我们生命的通道

我们还可以聊一聊
老子　庄子
唐诗　宋词
这些离我们很远了
可生活
总脱不掉与他们的干系

聊着聊着
我们就沉迷了
从今天到昨天
从昨天到今天
总有一种什么东西
将我们牵连

2009 年 12 月 21 日

风在楼群间迷失了方向

风在楼群间迷失了方向
狭窄的通道中
胡乱地奔撞着
那些坚硬的板块
阻击它的力量

它很想发现一处
打开的窗户
从这里跳进去
在沙发上歇歇脚
或者在一架钢琴上
留下疲惫的歌唱

可楼群中的人家
都封闭得严严实实
细密的防盗网
每一个孔眼
都有戒备的目光

风失望了
它拼命地升腾着
要冲上绝对的高度

寻找自由奔放的地方
可一不留神
撞上了交错的高压线
风被痛苦地灼伤

2008 年 10 月 9 日

到我这里来

到我这里来
不要掩藏自己
不要浓墨重彩
只需要一个真实的你
走进我的胸怀
带上一缕亲切的笑容
心中就有了甜美的滋润
交换一个明朗的眼神
彼此就有了信任和理解
这里尽可放松自己
让女人在玫瑰花的色彩里
编织甜美的梦
让男人在酒的意境里
平添豪情气概
给性情多一份陶冶
给生活多一份期待
这里是旋转的舞台
谁都是主角
谁都是配角
张扬你的个性
平和你的心态

在这里演出的戏文
才是最有趣
才是最精彩
到我这里来
欢乐时同赏春花秋月
痛苦时一起拨开云霓雾霭
孤独时送你一个舒展的情调
疲惫时来一曲渔舟晚唱
抚慰你的心海
这里是真诚的所在
只有交出你的心
那扇情感的门
才会为你打开

2006 年 8 月 26 日

与鹦鹉对话

与鹦鹉对话
不要把它当成一只鸟
它采采丽容　咬咬好音
展喉鸣鸣中
让人忍俊不禁

它无法高飞远翔
只能在鸟笼里潜心修炼
一遍又一遍地咬文嚼字
用坚硬的喙
啄开一条情感的通道

与鹦鹉对话
人很惬意
听到一声你好
或者一句古诗古词
一下子就有了喜剧的情调

与鹦鹉对话
人很单纯
不需冥思苦想
不需小心翼翼

一句话说出口
就有一个欢欣的回应
心中爽快明朗

与鹦鹉对话
不知人是鹦鹉
还是鹦鹉是人

2009 年 10 月 9 日

你们又飞来了

——写给一群西伯利亚的候鸟

隆冬时节
你们又飞来了
沿着熟悉的路线
飞进了水光潋滟的翠湖之畔
是啊
西伯利亚太寒冷了
你们要寻找一个温暖之处
好让自己的羽毛舒展
这片湖水的胸怀
正是你们理想的乐园
她抒发的每一缕情绪
都召唤着你们千里万里的爱恋
因为你们的飞临
这里生长了许多深情的故事
感动着每一个日子
美丽了一年又一年

还记得那位老人吗
每年他总是最早的迎候你们
又是最后一个

目送你们返回家园
他很穷
可他每天都带来
你们喜爱的食物
像招待远方的宾客一样
倾注了最诚的情感
他常爱静静地站在一旁
望着你们啄食的样子
他常爱抚摸着你们的羽毛
喃喃地自语自言
他是一只没有翅膀的鸟
用自己的心
和你们一起飞旋

直到有一天
他再也没有出现
他成为一尊雕像
永远微笑在你们的身边

2006 年 12 月 31 日

因为

因为你是成功者
你随意地侃侃而谈
就是人生的宝典
而你默默无闻的时候
说了那么多至理名言
也没有一个人听见

因为你是孤独者
孤独就成了你一个人的狂欢
而我们在一起狂欢的时候
谁也没有意识到
这是一群人的独孤

因为你总爱炫耀什么
我就知道
你一定缺少什么
因为你总在掩饰什么
我就知道
你一定在自卑什么
我的眼长在你的心里

2010 年 10 月 10 日

白娘子和许仙

一条蛇
一介书生
西湖之上
演绎了一段千古奇缘

断桥是他们初会的地方
那个化身白娘子的蛇精
有意制造了一场雨
迷惑了憨憨的许仙
水波潋滟的西湖
竟被一把伞
遮蔽了目光

蛇和人相恋
绝非荒唐
白蛇修炼了千年
蓦然发现
人间自有真情在
心怀被欲火燃烧
婀娜成旷世媚娘
水漫金山的壮烈
雷峰塔下的苦盼

让一场爱超凡绝伦

白娘子和许仙
创造了一则寓言
断桥上的风
悠悠地吟唱着
爱情没有定义

2015 年 9 月 28 日

日子

日子去了又来
日子来了又去
日子是流不尽的时光之水

日子阴晴圆缺
日子苦辣酸甜
日子是多变的味道

日子风调雨顺
日子一团乱麻
日子是一道很费解的方程式

日子很长
日子很短
日子是一条拉拉扯扯的生命线

日子无形
日子有声
日子是一部很耐读的经文

日子粗糙
日子细腻

日子是行者留下的思考

日子苍白
日子光鲜
日子是岁月的镜片

日子是马蹄的疾驰
日子是牛羊喜爱的青草地

日子是大海里的一盏灯
所有的鱼都向它游去

2013 年 3 月 3 日

一条黑色的小河

一条小河
一条黑色的小河
在城市的一隅
黑蛇般地蠕动着
河上有条船
有条和千年前一样古老的船
不为捕鱼
不为牧鸭
只为打捞满河的污染

撑船的人
沉重立上眉头
一竿竿点下去
都是黑色的叹息
鸟不来
蛙不鸣
混浊的气息纠缠在一起
在河面肆意闪烁

一个小小的孩童
常站在封闭的窗前
俯瞰小河

他不明白
童话里那些美丽的河流
怎么变成了这个样子
他哭了
要去找安徒生爷爷

2013 年 5 月 20 日

人在世上不如意之事十有八九

人在世上
不如意之事十有八九
不要痴情做梦
把一切快乐都拥有
上帝就是这样的安排
给你几分欢喜
送你几分忧愁
一支魔笛
吹奏云卷云舒

人有悲欢离合
月有阴晴圆缺
千古定律
深刻在众生的心头
诚惶诚恐的生存
踽踽而行的奋斗
愚蠢的支配
迷乱的欲望
成长的烦恼
衰老的恐惧
爱的艰辛
智慧的痛苦

纷纷攘攘

伴随时光之悠悠

要知道

这世上开心的日子不会常有

一句惬意的咏叹

要等待很多时候

而那些哀怨的思绪

是长留心中的魔咒

人是何等的不幸

一颗忧虑的心飘飘忽忽

不知何处

人在世上

不如意之事十有八九

不要把黑色的旗帜插在头上

保存好快乐的刹那

登高放眼

看千流万涓

水调歌头

2013 年 7 月 9 日

醉酒者

那晚
他们喝了过量的酒
面颊流火
双目影影绰绰
一个个胆气豪壮
犹如英雄在战场
含混不清的话语
吐露心中的真实
那些幸福和快乐的事儿
被一再夸大
得意之处便站起身来
摇晃不定地比画着
待到牢骚时
似愤怒的公牛
额头上的青筋
爆成长长的犄角

亢奋激昂中
突然有人哭了起来
夜色迷离
节奏变换
飞扬的生命里

开始有一种隐隐的疼痛

继而歌声响起
众人胡乱地
敲打着杯盘碗盏
成调的不成调的
在麻痹的旋律里混合成一体
一种久违的狂野

天快亮的时候
一个个倒头大睡
醉意的酒瓶
也歪歪斜斜着
一阵风吹来
忙乱地收拾着
满屋子的气息

2013 年 8 月 18 日

我的心里有一间房子

我的心里有一间房子
一间不大的房子
它很朴素
自由而畅亮
我可以在这里
避开庞大而混沌的灰色洪流
不受干扰地写作和想象
在这里
我是自己的主体
迸发着真挚的力量

这间房子
没有什么装饰
只有风吻过的味道
和我的思想里流淌的芬芳
我没有把它当成世外桃源
只想在这里赤裸着灵魂
很诗意地栖居者
在春夏秋冬里
精彩地变换着模样

这间房子

总是敞开着的
我常常在里面踱步
清脆地觉察自己
当我凭窗远眺的时候
一颗心特别安详

2018 年 9 月 19 日

一棵桃树

乔迁新居的时候
我在楼下的小树林里
种下了一棵桃树
我要和它一起守候着日子
几年过去了
这棵树已经长大
它欣然站立着
有自己的品质和气度

它的根深扎在泥土里
好像一直延伸到我的楼底
我在睡梦中
都能听到它均匀的呼吸

它的叶子如意舒展
都染上了我的目光
枝头总是迎击风雨
向往着高高的天际

最美当是桃花盛开的时候
粉红的花瓣儿散发着甜蜜
明媚的春色里

蜂蝶们享受着最愉快的季节

桃子熟了
每一个都很圆润
我不愿触动它们
只在树下婉转地行吟
我知道美的孕育多么不易
我呼唤美的自然和温存

这棵树其实是长在我心里的
它那遮挡炎凉的叶荫
它那记载生命的年轮
都是我对世界浓浓的恋情

桃之夭夭
悠悠我心

2020 年 7 月 16 日

遛狗的人

遛狗的人牵着狗链
合着狗的节奏
早几圈　晚几圈
狗不吠日　也不吠月
只顾一个劲儿撒欢
遛狗的人一身的爽朗

遛狗的人喊着狗的爱名
信手抛出那些玩物
狗箭一样穿来穿去
粲然的光线下
遛狗的人满心幻影

遛狗的人最爱狗扎堆儿
大狗和小狗
白狗和黑狗
狗儿和人儿
绿荫中戏闹一团
乱了风的阵脚

遛狗的人抱着生病的小狗
就像哄着自己的孩子

步履轻缓
摇篮曲般的细语里
一节节的温情在上升

遛狗的人遛着狗
遛狗的人被狗遛着

2015 年 11 月 3 日

走进羊群

走进羊群
就会真正地理解
色彩的意义
当芳草的碧绿
和羊群的洁白
糅合在一起的时候
一个温馨和吉祥的意境
便油然而生

走进羊群
就会真正地听到
一种美妙的声音
当羊群里发出咩咩的叫声
好似天籁里
传来的阵阵清音
我们的心灵
就被亲切地呼唤着

走进羊群
就会看到一种
流动的阵势
当那只高大的领头羊

雄赳赳向前的时候
不难看出
一支温顺的队伍里
竟也蕴藏着惊世骇俗的力量

走进羊群
就有一种快乐的感觉
轻轻地舞动手中的鞭儿
许多梦幻就纷纷涌来
于是
我们胸中的草原
就沸腾了

2012 年 7 月 5 日

三百六十五天

一年三百六十五天
三百六十五天在时光里旋转
三百六十五个日子实实在在
月落日出　冷暖苦甜
每一天都有一个希望
太阳从心底升出地平线
每一天都是一次告别
情感里留下深深的眷恋

春天来了
日子在花蕾上绽放
五彩的欲望纷至沓来
大地上交织着青翠的呼唤

夏日的风情里
总有闪烁不定的光影
穿过突然而来的云雨
日子里许下金色的诺言

不要说秋风萧瑟
九月的菊香里
正泛出浓浓的情思

每一个日子都芬芳和饱满

玉洁冰清是冬天的品质
常常营造纯粹的意境
日子里的混杂和浮躁
都在冷静的思考中改变

三百六十五天是一串数字
又绝非数字的概念
有时日子步履蹒跚
有时又走在了时间的前面
有时候还很飘渺
散落在虚无的空间
人在三百六十五天里行走
只有循着日子里的钟声
一条道才会明朗和悠远

三百六十五天行云流水
无论走进哪一个日子
都会有新的感觉和发现
变化的是日子
不变的是永远的期盼

2017 年 2 月 6 日

幸福

不要将幸福想象得很复杂
不要将它诠释成深奥的理念
其实
幸福常常是一些很简单的画面
在纯粹的感觉和意境里
幸福的情景随处可见
比如
婴儿吮着母亲的奶头
甜蜜地睡了
此刻的世界
一定很平静和温暖
比如
爷爷奶奶弓着腰背
紧跟在咿呀学语的孙子后面
童话般的欢乐中
爱的真情在流传
或者
小两口下班回来
炒上两盘可口的小菜
在一支啤酒里亲密交流
或者
随着广场舞的节奏

任生命行云流水般舒展
而从脚手架上下来
吸一支烟的心情一定很爽
那些满脸污渍的环卫工们
在街椅上打个盹儿
想必也会有一个美丽的梦幻

幸福常常在不经意间到来
在日子里快乐地闪现
幸福在生活的每一个细节里歌唱
一声声打动情感
幸福是说不清的样子
泪珠里也会绽放笑颜
幸福是心灵的花朵
在它欣然盛开的时候
我们就获得了幸福的答案

2016 年 7 月 8 日

我将你的名字写进号码本

我将你的名字写进号码本
保存着传统的联络方式
白纸黑字工工整整
每一个字都默默生情
想你的时候打开一看
仿佛你就在眼前
你的那一串号码
如音符一样
拨打起来
大珠小珠落玉盘

我不想在手机上
储存你的什么信息
在程序里点来点去
你的名字和号码
还是写在纸上的好
老祖宗发明的纸
一直是放牧文字的芳草地
在纸的纤维里
每一缕情绪都心心相通

2016年5月21日

我们握手

我们握手
为久别后的重逢
这一握
就把岁月攥在了手里

我们握手
为分离后的远行
在远方的日子里
总有神奇的感应

我们握手
有一种不舍的感觉
暖流从掌心穿过
情爱在温馨中律动

我们握手
虽然轻轻
明媚的眸子里
映照光明的前景

我们握手
常常很重

无声的语言里
自有永远的信赖与忠诚

我们握手
总要道一声珍重
一次相握
一生真情

2019 年 6 月 26 日

野渡

——记年少时的一次泅渡

野渡无人
只听蛙鸣阵阵
夕阳残照
愁了少年心

一咬牙
一拍胸
扑通一声入水
双手举过头顶
腿脚滑动
鱼过龙门

什物俱未湿
水面留波纹
少年惊舒一口气
隐入归途暮色里

2018 年 11 月 9 日

我们的小木屋
——记小木屋微信群

我们的小木屋
掩映在东湖的樱园里
有清风和花香绕梁
有鸟儿婉转地歌唱
这处小房子
也成为我们的网络之名
一颗颗心欣然而来
让活跃的思想
多彩的向往
在这里热恋和飞翔

这里的人
都很有格调
随便翻动哪一位的履历
都有可圈可点的故事
他们来到这里
一颗平常之心
只为追求清新的风
沐浴明丽的光
这个世界有太多的诱惑

我们的小木屋
没有任何名利驱使
只有真情和良善
编织成爱的旋律
慰藉情感的渴望

这里很热闹
每天都有新鲜的话题
笑谈人生情趣
坐看风云气象
谁都可以在某一个层面上
有漂亮的发挥
可以缓缓地理性诉求
也可以满腔激情
独特的意识
在自由中宣扬
这里发生的一切
带着深刻和豁达
展现民众的思考
人心的走向
我们的小木屋
总在贴近社会的大情怀
发出琴瑟合鸣的声响
一群惺惺相惜的仁者

在同一个圆里
相互尊重和欣赏

走进小木屋
只有温情脉脉的依恋
一声问候
一则信息
一个点赞
或者一场诗词接龙
或者一段有趣的抖音
都会带动美的遐想
这些早已成为我们生活中的常态
每一个日子都饱满而开朗

一个人的灵魂是需要安置的
希望能找到墨守的方向
小木屋啊
你是一个美丽的传说
和谐　包容
积极　向上
你是纯粹的境界
你是精神的家园
是众望所归的地方

很幸运啊
我们选择了小木屋
选择了美
选择了雅
选择了质朴
选择了高尚
选择了诚挚仁爱
选择了众心华芳
我们每个人
都是一根琴弦
在这活泼的小木屋里
同奏城市的民谣
快乐像花儿一样

2020 年 5 月 15 日

我们是省博志愿者

在那具郧县人的头骨前
我激动地说
一百万年前
我们的祖先就站起来了
一个伟大的直立
推动了人类进化的历程

在那把越王勾践剑面前
我赞赏它旷世绝代的工艺
横空出世的豪情
更有剑的主人
卧薪尝胆的传奇

那套改变了世界音乐史的编钟
大气磅礴卓绝天下
我总是用飞扬的感觉
诠释它旋宫转调的神韵

还有那尊元代的青花瓶
兰菊莲鹤跃然而上
我惊讶地叹息
这是烈火和泥土的精灵

我们就是这样
在省博这座辉煌的殿堂里
在每一件文物前
抒发历史的情怀
传扬悠久的文明
当游客向我们
送来感激和敬慕的目光
我们就会淡淡地一笑
那笑靥里
有着志愿者的自尊和光荣

是的
我们都是志愿者
不管是大学教授
还是企业高管
无论是莘莘学子
还是普通的人
或者沧桑的老者
或者聪慧的孩童
我们都拥有一个共同的名字——志愿者

我们不为名利　不惧辛劳
我们热爱公益　弘扬正气

我们的精神活跃而宽广
我们奉献社会
也快乐着自己
我们知道
我们很浅薄
需要不断地学习
才能在省博的舞台上
精彩地演绎
于是我们在历史里追寻
我们在现实中思考
面对珍贵的文物
不断地遣词造句

有位老者
用了三十多年的时间
编织自己的梦
他成为一名专家
他变得博学多才
哪一处展馆都有他的身影

有位小伙
一头钻进深厚的历史里
成了名副其实的“青铜人”
有个帅气的少年

竟然经纶满腹
童声童气讲述古老的事情
还有一位漂亮的女教师
流利的双语绘声绘形
博得中外游客的欢迎
我们这群志愿者啊
就是这样
站在文化的圣地上
亲吻悠悠岁月的风雨
吟唱先人创世的篇章
吸取文明的精神
传播知识的力量

我们还走出去
走进社会的大课堂
把革命精神带进高校
把和谐的春风引进社区
让希望小学听到编钟的声音
让遥远的边疆
也能拥抱荆楚大地的光芒

做一名省博志愿者
是我们智慧和崇高的选择
与青铜对话

与陶瓷对话
与楚简对话
与锦帛对话
甚至对话美利坚
对话意大利
对话法兰西
对话古罗马
我们在这些对话中
提升自己　目光远大
我们在一个个文化的层面里
任思想驰骋
任精神焕发

我们是省博志愿者
是一支亲密的队伍
来吧
带上我们的胸牌
穿上蓝马甲
穿上红马甲
在这很古典的地方合张影吧
这就是我们的方阵
一群四面八方的人
一支省博的生力军
看啊　温暖的阳光下

我们笑容灿烂意气风发

来吧

牵起我们的手

聚拢我们的心

站在新年的门槛上

让我们深情地祝福

省博你好

你是我们向往的地方

你是我们精神的家

2013 年 12 月 5 日

有时候

有时候
一个人坐在那里发呆
进入一条深邃的
密不透风的隧道
猛然醒来时
心被撞得很疼

有时候
在黑暗之中
自己给自己当向导
没有灵感
只有用勇气做火把
光起伏着
前方总有一种影子

有时候
很想宽恕一些人和事
放下心中的积怨
可又不知道
那些沉淀的块垒
该怎样丢弃在迷惘的过去

有时候
为了伪装自己
所有的神经都被调动起来
照应四面八方
可到了戏的高潮时
它们都不敢跟着合唱

有时候
我是自己
有时候
我不知道自己是谁
我写下自己的名字
又用陌生的眼神
不住地打量

2014 年 4 月 6 日

最爱豫剧

我敢说
天下所有的戏中
豫剧是我的最爱
这不仅仅因为它是家乡的戏
让人有特别的情肠
我坚定地认为
它听起来最带劲
铿锵明快
容不得半点束缚
大幕一拉
幕外有幕
声调响起
激越高亢
如中原之雷阵
如黄河之骇浪
奔驰而来
呼喝风云
痛快了一方山水
在硬木梆子的敲击中
所有的歌唱都赧然而止
静听情感的宣泄
生命的昂扬

天下所有的戏中
豫剧是我的最爱
一声声唱腔
元气淋漓
只落心底
看戏的人一拍大腿
满场的如痴如狂

2014 年 7 月 1 日

我有自己的一轮月亮

我有一轮月亮
一轮自己的月亮
不大不小
也不遥远
一张素洁的脸
泛着温馨的光
她没有我歌月徘徊的浪漫
也没有八千里路云和月的豪壮
她没有春花秋月何时了的缠绵
也没有明月几时有的惆怅
她就挂在我的小窗外
照着我依依而归的身影
还有酣然入梦的脸庞
风乍起
不见月落乌啼
雨雪来临
也不会惶然躲藏
她在我的小窗外
淡定成一种永恒
洒下明净的思想

2014 年 7 月 12 日

我是一条蚯蚓

我是一条蚯蚓
我柔软圆滑的躯体
在黑暗的泥土里耕耘
我的行迹没有规则
弯弯曲曲的线路
是我天然的构思
泥土的气息铸就了我的秉性
我在泥土里自由的游弋
写着我的十四行诗
泥土均匀地呼吸着
伴着我纯朴的节奏
我在泥土里寻找光
寻找活泼的灵感
那些上升的水分
晶莹地流动着
一串串热情　点亮我自己
我不会歌唱
却在泥土里寻找自己的声音
我总感到我的潺潺地蠕动
有一种舒展大地的力量

2015 年 3 月 14 日

我有一把木梳

我有一把木梳
一把叫谭木匠的木梳
每日的清晨和夜晚
我都会紧紧地握着它
在头上用力地耕耘
一遍一遍嗤嗤作响
那些偏头疼和隐晦的杂念
那些昏昏然的感觉
都在这奇妙的声音里消散
一把木梳
在我的头顶灵光普照
我是不轻易信奉什么的
唯有这把木梳
让我顶礼膜拜

看来
人的手上
是需要握住几件神奇之物的
比如旋转几粒健身球
就把握着心中的乾坤
轻摇一把羽扇
就能调节情感的气候

而舞起一把剑来

则满胸生曾云

闲情时　握一支画笔

就进入了水墨山水

过着沁园春或如梦令的诗意生活

2012 年 11 月 15 日

暖冬

这个冬天很暖
没有飘来一朵雪花
让人想念冷
想念滴水成冰
想念银装素裹
桃花开了　梨花开了
本不该在这个季节开放的
早早地花枝招展起来
而每一朵花　都无法在真情里受孕

我本想冰冻自己的一些思想
让浮躁　偏执　和不合时宜的狂妄
在零下的温度里僵硬成尸
因了这场暖冬
它们顽固地蠕动着
将我的头脑搅得很疼

看来我还不能轻易走出这个冬天
这个季节和我都还没有完成
那些冷静的任务

1999 年 5 月 8 日

城里的石头

城里的石头都是从山里来的
进了城的石头
一下子变得尊贵
置于楼台水榭
放于雅厅华府
甚至被陈列奇石馆中
满足着城市的欲望

进了城的石头不再拙朴
被打磨　被雕刻
被随意地切割
很野性的石头
在痛苦中摩登着

进了城的石头很想家
想清幽的山谷
想白云缠绕的山梁
想明月松间照　清泉石上流
然而　在城市的喧嚣里
它们只能固守着自己的思绪

2009 年 3 月 25 日

四季的故事

春天里的故事
夏天还在热烈地讲着
秋天以深沉的情感
记下那些名言警句
冬天说
我要把它们凝成
坚定的记忆

夏天里的故事
被秋天涂抹上浓浓的色彩
冬天以纯净的思考
阅读成心花怒放
春天说
我要为它们送上明朗的歌声

秋天里的故事
被冬天温暖地珍藏着
春天一个轻盈的台步
就调动了那些闪烁的话语
夏天说
我要把他们冶炼成
金子般的箴言

冬天里的故事
在春天里甜蜜地发酵
夏天以火热的胸膛
激扬起各个篇章的情绪
秋天说
我要给他们都注入山水的养分
让这些故事
永不衰败地成长

2015 年 12 月 24 日

夜雨

昨夜有雨
雨声淅沥
独坐窗前
薄雾蒙蒙
看不清什么
又似乎看得很远
人很少这样地专注
这样地贪婪
要把一场雨
化为心中的意象
此时
人特别的安静
一切的陈年往事
都在雨中消逝了
一阵风吹过
雨飘落在窗子上
好像要与我说些什么

2018 年 7 月 6 日

白天和夜晚

白天和夜晚
是人的两副版面
白天往往看不清自己
夜晚才有一双真实的眼

白天做着夜晚的梦
夜晚想着白天的粉墨登场
白天拖着自己的影子行走
夜晚影子是自己

白天看太阳
只有一个世界
夜晚数星星
不知自己是哪一颗

白天和夜晚
只是隔着一道栏杆
跨过来跨过去
时光似水流年

2016 年 9 月 3 日

不知道

根长在土里
不知道土有多深
鱼游在水里
不知道水有多长
野花随处开放
不知道自己的故乡
鸟儿飞翔的时候
不知道天有多广
庄稼成熟的时候
不知道是幸福的死亡
人在世上行走
不知道生命的终点是何模样

2019 年 4 月 17 日

但愿

但愿我的目光永远清澈
一切都变得明媚和温暖
在四季轮换的世界里
每一次顾盼都有美的视点
但愿我永远歌唱着
心中的河流清纯婉转
那些个高音和低调
总在每一个日子里抒情
但愿我的表情是一面深邃的镜子
映照出生活的本源
我不需要佩戴什么面具
每一种定格都是真诚的表现
但愿我行走的路上
总在朝着目标的深处
越过平坦弯曲和云岚
我的足迹成为心的伙伴
但愿我是火红的枫叶
在人生的秋日里燃烧
绚烂的意境过后
一切都归于平淡

2016 年 6 月 23 日

屋顶菜园

那些年
我的屋顶上
种满了白菜　萝卜　丝瓜
南瓜　葡萄　冬瓜
西红柿　辣椒和苦瓜
一年四季
满地的酸甜苦辣
它们调剂着我的生活
让我的味蕾
靠近真实的本质

没事的时候
我就会在这些植物面前站站
感受风雨阳光的恩泽
和菜虫们的贪吃贪睡
不经意间
自己也成了一种植物
发芽　长叶　开花　结果
心中的杂乱无章
都变得了很有秩序

瓜果菜蔬是通人性的

自己种植的
就特别适合自己的口味
每一种味道都很纯真
完美地滋润着日子
时光在舌尖上滑过
那些年
那些酸甜苦辣
让人一想起
就鲜美生津

2018 年 11 月 12 日

喜马拉雅哨所上的军嫂

这是大年三十的夜晚
整个中国都充满了
欢腾和香甜的气息
而在喜马拉雅
在高高海拔的边防哨位上
一位远道而来的军嫂
正陪着自己的丈夫
静静地执勤站岗
风雪冷酷地擦着他们的眼睛
他们严峻地攥紧了目光
两颗重叠在一起的心
紧贴着喜马拉雅的胸膛

军嫂和丈夫
始终默默地
足下的冻土里
有春之声涌动
伴着他们艰难的呼吸
一如忽长忽短的行腔
融入苍茫

下岗了

他们一下子拥抱在一起

近乎结冰的双唇

在彼此的脸庞上

深情地吻着

此刻

雪线上正透出一缕曙光

2019 年 3 月 15 日

生命的线条

人的一生很短
充其量百年时光
苍狗白驹
忽来忽往
这个世界还没看够
生命的舞台上
便出现了谢幕的字样

人的一生很长
从童年少年到青年
从中年到老年
天真无邪青春狂放
血性刚健无限夕阳
一段故事情未了
又冒出新的气象

人的一生很短
常常要问
时间都去哪儿啦
许多事情还没有来得及做
便是无能为力鬓发染霜
那些絮絮叨叨的牢骚

撕破了一个个美的梦想

人的一生很长
总是走啊走啊
刚刚蹚过一条河
又爬上一道梁
踏破一双双铁鞋
总走不出山高水长
告别了风雨
又追逐太阳

人的一生很短
许多道理还没弄明白
新的诱惑又在前方
千万里的追寻
恨不能插上一双翅膀

人的一生很长
在喜欢的方程式里
寻求确切的答案
时间远去了
梦却不会荒芜
所有的心血
都在浇灌爱和希望

人的一生
就是一次出航
一颗朝圣的心
驶向遥远的地方
在旋转的世界里
签下自己的名字
生命的线条
飞扬灵动
短短长长

2019 年 4 月 4 日

我愿意

我愿意是一首序曲
只为引出你美妙的歌唱
当你的歌声婉转飞翔
我所有的热情都为你绽放
我愿意是一座小桥
横卧在温暖的河流上
当你在桥上看风景
我和你一起融入波光
我愿意是一条飘逸的彩带
披在你俏丽的身上
你在春风荡漾的路上起舞
每一串足迹都是我的诗行
我愿意是最早的一缕春风
芬芳你的思想
在千树万树的梨花前面
你是最美的风光
我愿意是你的地平线
只为了你的日出日落
你那紫红色的艳丽
是我一往情深的欲望

2019 年 3 月 27 日

碗

盛下五湖三江
容得酸甜苦辣
捧起祭天拜地
装满岁月情话
一只碗　终日伴苍生
默然无语　忙碌牵挂
民以食为天
一碗饭
一碗酒
一碗茶
自己感动自己
编排人间戏码
泥碗也罢　瓷碗也罢
金碗也罢　自在自如
静观烟火飘洒
人在碗里
总走不出它的圆
人不在了
魂伴一只碗
云游天涯

2019 年 8 月 30 日

不管

不管季节怎样变换
我的内心总有鸟语花香
不管风雨怎样肆虐
我的目光总要穿越苍茫

不管梦幻怎样遥远
我总会默默地把心贴上
不管世界怎样拥挤
我的名字总要占据一个地方

不管黑暗怎样膨胀
我总在判断光的方向
不管收获的果子是酸是甜
我总要酿出一杯佳酿

不管前程怎样山高水长
我总不会忘记出发的地方
不管人生的舞台怎样光怪陆离
我总在描绘自己的肖像

2018 年 8 月 7 日

拾荒的女人

那个拾荒的女人
总背着一个大袋子
在街巷里巡走
风知道她
雨知道她
一双粗糙的大手
不断地翻捡着日子里的内容

脚步带动起尘埃
洒在四季的路上
模糊了自己的影子
其实她很美
只是一顶破旧的帽子
遮住了她的光辉

她总是挺着胸走路
目光四处旋转
当收获满满的时候
她走得格外的有力量
带着一脸的灿烂
那天
在小区的垃圾桶里

她捡到了一只红发卡

看看四周无人

赶紧戴在了头上

对着阅报栏的玻璃照了照

照啊照啊

一个人竟哭了起来

2004 年 8 月 3 日

城市鸟语

城市的鸟儿都爱说话
相互打着招呼
谁也没有话语的优越感
能在一个城里发声
就得感谢这座城

城市鸟语声音不大
那些鸟儿们知道
在拥堵逼仄的环境里
鸟声很难穿透什么
重要的是保证声音不会变形

鸟儿们在城里久了
都会说几句城市方言
除了跟城市套近乎
更多的时候
是想用一张嘴
琢出城里的老味道

城市的鸟儿
会时常聚在一起
理性而亢奋

从相互寒暄
到谈论一些
关乎生存繁衍的大事
那些低一句高一句的叽叽喳喳
让一座城市很动情

2018 年 7 月 27 日

写自己的名字

写自己的名字
每一次都在素描自己
寥寥几笔
竖起人的尊严
每当写下自己的名字
都会睁大眼睛看看
是堂堂正正
还是歪歪斜斜
是龙飞凤舞
还是形神不展

写自己的名字
其实是自己在审读自己
有时名字大起来了
有时又萎缩一团
自己的名字
总在牵扯自己的情感

写自己的名字
落笔有情
名副其实
名不虚传

让自己的名字
成为真诚的呼唤

写自己的名字
是庄重的雕刻
一笔一画很有力量
字字挺拔
都刻进生命的年轮之间

2018 年 5 月 19 日

打铁的人

打铁的人一身强健的肌肉
用一块块铁构造自己
小小的铁砧上
是打铁人的战场
大锤小锤叮叮当当
一切都不再喧哗

打铁的人拉动风箱
呼吸天地之气
熊熊的炉火
吞噬所有的坚硬
打铁的人
喜欢听一种淬火的声音
滋的一声
人就突然硬朗了起来

打铁的人心灵手巧
随意地想象和造型
那些锤头下的经典
让铁不再是铁

2018 年 3 月 20 日

一群

一群鸟
在阳光下比赛羽毛
一群蜜蜂
在风中聆听花香
一群蝴蝶
在寻找自己的前世
一群泡沫
在想象地久天长
一群鲤鱼
在争跳龙门
一群蚂蚁
在商量围攻大象
一群人
在一起跳广场舞
手舞足蹈一个模样

2018 年 1 月 4 日

最爱红色

在所有的色彩里
我最爱红色
爱它的鲜艳和喜庆
爱它的热烈和奔放
爱它血一样的活跃和灿烂
爱它火一样的光焰和力量
赤橙黄绿青蓝紫
它率领天下的主色调
日出江花红胜火
它造就最美的风光
万紫千红总是春
一幅生机勃勃的意境
人面桃花相映红
世上最富诗意的形象
一枝红杏出墙来
那是关不住的春天
映日荷花别样红
自有超凡脱俗的模样
红尘滚滚
大道朝阳
红男绿女
和悦欢畅

红叶传情
红霞绽放
红豆相思
红烛闪亮
红春联里
写尽所有的祝福
红盖头下
藏着甜美的脸庞
红红的中国结
千回百转不了情
五星红旗
更是集合了红色的理念
天地间猎猎飘扬

在所有的色彩里
我最爱红色
它燃烧
它闪耀
它绚丽
它是生命的底色
它是永不消逝的光芒

2018 年 1 月 21 日

城市之声

这条狭长的街道
终日都飘动一种声音
唰唰——唰唰——
单调而耐听
一位乡下人正挥动着扫把
不停地创造着自己的旋律

他是带着田野上的风声和雨声
来到这座城的
靠着一把扫把
打开了一片世界
他忠实地管理着自己的辖区
就像在田地上精耕细作

常见他俯下身子
用双手捧起那些垃圾
然后抹一把汗渍渍的脸
或者弯腰弓背
捡起一段烟蒂
拾起一片落叶
光洁的街面
清爽着每一个日子

逢年过节的时候
他都强忍着不回去
他很看重那点加班费
漏雨的老屋和上学的孩子
让他不敢失去每一个机会

那天在街道口
领导为他戴上了大红花
并要他说几句获奖的感言
他嘿嘿地笑了笑
操起扫把又舞动了起来
唰唰——唰唰——
所有的人都喑哑失声

2017 年 3 月 23 日

故事

山是水的故事

风是云的故事

鸟是树林的故事

鱼是江河的故事

小草是大地的故事

花儿是四季的故事

月亮是太阳的故事

你是我的故事

2010 年 9 月 25 日

门前街道上的树

门前街道上的树
是我的老友
我的心每天都与它们打着招呼
它们也为我默默地祝福
这些树我实在太熟悉了
它们的形象
它们的气度
它们花的颜色
它们叶片的样子
我都能一一说得清楚
行走在它们的绿荫下
总有一种惬意的感觉
望着它们挺拔或佝偻的腰身
就会感到时光倥偬
人与万物不解的情愫
有时也会停下来
止不住地拥抱它们
在落叶飘零
或嫩芽初露时
几分欣然　几分眷恋
都在一抱中倾诉

门前街道上的树
是我的老友
我早已将自己
编进了它们的花名册中
哪一棵都是我的手足

2007 年 8 月 30 日

每个人都有精彩之处

不要总是仰望别人
不要老为别人鼓掌
其实
每个人都有精彩之处
生命里迸发出奇异的光
你的一点点思想的火花
也许会点亮一座人生的灯塔
你的看似微不足道的举动
也许会改变生活的方向
你迎着风雪孤独而行
心却没有灰冷和改变
这不能不说是一种坚强
你在累累的伤痕中
依然修补自己的翅膀
蓝天白云不再遥远和苍茫
要知道
你眼中深处的海里
人人都是一滴水
饱满的浪花上
印着每一个人的形象
要知道
一首首的合唱曲

每一个声部都很重要
那些飘飞的旋律
带着歌唱者的自信和向往

这世上
每个人都是不可复制的版本
都有创造的智慧和力量
心中升起的希望之星
一定会闪烁在舞台的中央

2015 年 7 月 12 日

朋友圈

这世上
一个人行走太孤单
需要进入一类圈子
就像鱼儿需要一方池水
相互追逐嬉戏
就像鸟儿需要一片森林
快乐地歌唱比翼
圈子
其实是生活中的一道选题
全靠你的发现和判断
考验你的情感和智力
一个人有了或大或小的圈子
奔波的路上
就有了一块根据地
你累了
圈子是你真诚的依靠
你遇到难题了
圈子为你遮风挡雨
你迷惑不解的时候
圈子给你带来清醒的慰藉
那些欢乐
那些痛苦

那些忧虑
那些希望
都在圈子里化作虹霓
圈子的世界
如此温暖
如此神奇
热情的绽放
和谐的旋律
让一群志同道合者亲密不离

在圈子里
要用深情的目光
去读那些仁人智者
读出他们的玉壶冰心
读出他们香草幽兰般的品质
要用开放的情怀
编织圈子的天地
不要封闭和狭隘
不要自私和陋习
一缕缕春风
一缕缕阳光
都在传播友情和爱意

圈子是精神的家园

不是精神的藩篱
在众人画出的圈圈里
每个人都有精彩的一笔

2015 年 10 月 15 日

明天

人生的路上
总有一个明天
总有一个影子
在前方出现
看不清它的容貌
牵不住它的手
仿佛是飘游不定的梦幻
将幸福的想象
托付给它吧
明天会不会是
春风习习
阳光灿烂
让痛苦和忧虑
都快快散去吧
明天会不会是桃花流水
伴着明朗的云汉
那些个酝酿已久的计划
在明天会不会落地开花
而坎坷不平的道路上
明天又会不会峰回路转
这一切
似乎都无法预测

只有新鲜的黎明
才能打开一幅幅画面
未来的一个个日子
总在诱惑着我们
成为望穿秋水的期盼

明天不是等待
明天是创造和发现
明天很近
明天很短
明天是瞬息变幻的机缘
当明天到来的时候
我们是否还徘徊在今天

2016 年 3 月 15 日

脚手架上的农民工

脚手架上的农民工
从平阔的原野上
一下子被推向了城市的高空
原本粗壮的汉子们
成为一个个小黑点点
不停地闪烁和蠕动
他们不敢往下看
目光迷乱影影绰绰
这与土地上的耕种大不相同
阳光直射在汗珠上
在时间里快速地滑落
而躲不过的风和雨
总在雕塑着他们的形象
一张张黝黑的脸庞
映照着晚霞和黎明

脚手架上的农民工
终日与坚硬的钢筋为伴
在混凝土里浇筑着人生
一层层拔高的楼宇
正以摩天的信念
诠释着他们的憧憬

那些贫困和痛苦
仿佛都有了改变的可能
那些疲倦流血甚至死亡
构成了最结实的框架
任凭灵魂的呐喊和跳动

每当大楼喜封金顶
脚手架被拆除的时候
凌空而下的农民工们
就会聚在一起
朝着家的方向
默默地祈祷
然后这些小黑点点们
随着旋转的太阳
又一次坚定地上升

2016 年 5 月 7 日

拉单弦的老人

拉单弦的老人很单纯
一生只在一根弦上歌唱
除了抚弄那根琴弦
他似乎不会别的什么
他和他的单弦
在岁月里悠悠地走着

一个人就是一台戏
无论何处
单弦往腿上一放
魔指便滑动起来
刹那间便征服了一个旋转的世界
单弦之声从他的血管里涌出
自由自在地流淌
天下绝妙的好音

拉单弦的老人不善言辞
全靠一把单弦和人交往
一双笑眯眯的眼
隐匿了所有的艰辛

老人的单弦后继无人

这让他心生哀叹
他常常抱着单弦自言自语
老伙伴啊
什么时候我不在了
你就立在我的墓前
做一尊招魂的神吧

2015 年 12 月 27 日

一字歌

想不到
一个一字
竟被一部《道德经》
理论成哲学的经典
道生一
一生二
二生三
三生无限
一个一字
横来竖往
亦真亦幻
一似一条路
大道通衢
一似一条江河
汇聚万涓
一似一条山脉
千里绵延
一是经
一是纬
网络住世界大千
一最小
却骄傲地挺着身板

一最大
托起无数个第一的桂冠
一很简约
赤条条无牵无绊
一很丰富
是串联万事万物的长线
一站起
恰似一个惊叹
树起了人生的标杆
一是起点
卓尔不凡
一鼓作气
一马当先
一鸣惊人
一身是胆
一呼百应
一往无前
好一个一字
下可行地
上可经天

2015 年 7 月 2 日

人的一生

人的一生
总该有几次大的摔跌
任凭内心伤痕累累
任凭追求轰然崩裂
让失败和挫折
让痛苦的思绪
涂抹命运的色彩

人的一生
总该有几次大的噩梦
所有的骨骼
都在激烈的汗流里冶炼
淬过之后就去敲打
那些可怕的情节

总该有几首
激昂的狂想曲
抒发心中的意气
血脉在心弦上合唱
不会滑落

总该有

几次深刻的叹息
向失去的爱忏悔
为错过的时机痛惜
将上升的泪坚定地饮下
苦过之后
躯体里阳光灿烂

还要在心里
开辟一条大路
让自己走
让朋友走
甚至让志不同道不合的人走
路的前方山川明清

还要在肩头
修一座驿站
让来来往往的欢喜忧愁
都能在此相互倾诉
然后迎着飘忽而来的风雨
奔向望不断的阳关

人的一生
总该有响亮的宣言
不是由口里说出

而是在眼睛里流淌

那些目光望不尽之处

就是我们要去的地方

2013 年 11 月 4 日

对不起

对不起
路旁盛开的那些野花
我因忙着赶路
没能多看你们几眼
等我归来的时候
你们已凋零不见

对不起
那些快乐的鸟儿
我因忙着赶路
没能多听几声你们的歌唱
等我归来的时候
不知你们飞向了何方

对不起
那些缠绵的蝴蝶
我因忙着赶路
没能在你们的爱里流连
等我归来的时候
你们的踪影早已不见

对不起

那些小荷尖尖上的蜻蜓
我因忙着赶路
没能和你们一起畅想
等我归来的时候
已看不见那份春光

在我行走的路上
有太多的对不起
无数次地回环往复
我才知道
我的匆忙的脚步
拖着一副苍白的影子

2015 年 12 月 22 日

一只乞讨的小狗

一只穿着红马甲的小狗
匍匐在地铁的入口处
虔诚地向一座城市乞讨
天气很冷
破旧的碗里
被扔进了一些零乱的小钱
它很想站起来
活动活动腿脚
或者舒展一下呼吸
可不远处的主人
正向它发出指令
它只好闭着眼又趴在那里
等待着收场的时候
而主人却睁大着眼睛
默默地做着最简单的加法

2016 年 2 月 5 日

躯壳

——题海螺

本在海中乐
不幸被捕捉
让人剔肉食
留下空躯壳
我爱其斑斓
装点穷窝窝
还可当螺号
一吹欢乐多

1990 年 6 月 9 日

题牧童骑牛酒器

一头大黄牛
肚里装满酒
牧童骑背上
不在雨中游
离开杏花村
广结天下友
生怕肚儿破
琼液往外流

2020 年 7 月 2 日

圆圆的蛋糕

——为儿子牛力十岁生日所作

圆圆的蛋糕上
我数着你生命的年轮
每一圈
是属于你的
也是属于我的
我多么期盼
你快快长大
又多么希望
你永远是个孩子
在你的无忧无虑中
我平添了几许白发

1988年1月30日

中国大　中国美
——作于小孙子牛远辙三岁之时

中国大　中国美
中国是个好地方
有黄河　有长江
喜马拉雅好风光
泰山雄　黄山秀
东海　南海　波涛扬
大运河　都江堰
万里长城保边疆
黄土地　鱼米乡
大漠戈壁天苍苍
南到北　东到西
物产丰富天地广
我爱我的大中华
拍着小手来歌唱

2018 年 5 月 17 日

我是小小钢琴家

——作于小孙子牛远辙四岁之时

我是小小钢琴家
弹起钢琴乐哈哈
钢琴是我好朋友
每天我都陪伴它
白键黑键排成行
十指灵活有章法
哆唻咪发嗖拉西
好歌好曲出来了
弹琴需要下功夫
反复练习苦不怕
美妙音乐真好听
爷爷奶奶把我夸

2019 年 9 月 25 日

我和恐龙做朋友

——作于孙子牛远辙五岁之时

一群大恐龙
来到我家中
和我做朋友
心中好高兴
它们很古老
早已成化石
今日变玩具
再现往日情
有的冰川上
有的水中游
有的天上飞
有的陆地行
有的巨无霸
有的小不点
争着吃树叶
抢着吃肉食
相互来打斗
个个都威风
我爱圆顶龙
我爱三角龙

我爱包头龙
我爱巨齿龙
它们很听话
都是我的兵

2020 年 4 月 5 日

你的玉兰花开得真美

——为爱妻廖玉兰五十岁生日而作

我和你相伴二十五年
你是我温暖的河流
明丽的云天
这个家中
你甘愿做幸福的奴仆
将一个个生活的角色扮演
豁达知礼　方方圆圆

你勤劳而节俭
总在精心编写着
日子里的故事
每一个细节
都是真情的自传
一本家家都难念的经
被你吟诵得抒情而委婉

你心静如水
性如幽兰
从不张扬什么
也不爱出头露面

总是默默地调理着一切
看花开花落一年年

今天是你五十岁生日
你的玉兰花开得真美
香远溢清　幽美翩翩
让我给你一个无声的亲吻吧
我情感中的涟漪
正涌向你心的河流

2001 年 7 月 30 日

感悟生命

想象生命

生命是需要想象的
这从时光的尘埃中崛起的生命
这飘忽不定的激情的生灵
如果没有了热烈的想象
该是何等的乏味和平庸

就像想象着一条河流
它的源头是多么美丽清净
它的归宿一定是碧海苍穹
它一路上的故事
都会成为深刻阅读的《圣经》

就像想象着一座高山
它的根基是不可测量的深邃
它的高度是无法仰望的巅峰
它躯体中的骚动和轰鸣
不知待何时
就会石破天惊

想象着生命在血管里
永不停息地呼唤

用所有期待的力量
将黑暗撕裂成一道缝隙
让阳光照射进来
成为自己雕像上闪闪的鎏金

想象着生命在晴空下
自由地飞翔
一双神性的翅膀
飞舞成散文般的流畅
为一切成熟的思想歌吟

想象着生命在大地上
竞相奔逐
不畏风霜雷电
为了美的神游和渴望
不停地向无限的蔚蓝攀登

生命是单纯的
可以想象它的色彩
生命是寂寞的
可以想象它的生动
生命是卑微的
可以想象它的伟大
生命是短暂的

可以想象它的永恒
生命在想象中
打开一处处境界
生命在想象中
永远叶绿花红

2008 年 6 月 23 日

生命里应该留住一些东西

生命里　应该留住一些东西
比如　咿呀学语时蹒跚的脚步
童心初开时满世界的好奇
比如　少年不知愁滋味的轻狂
人到中年的沉重和忧虑
比如　华发老迈时的淡定
独钓寒江雪的情趣

生命里　应该留住一些东西
留住母亲眼睛里的春光
留住父亲肩头上的磨砺
留住迎风而立的姿态
留住中流击水的豪气
留住那些愤怒和痛恨
留住两情相悦的甜蜜
留住跌倒时满身的泥浆
留住岁月蹉跎的叹息
留住一段剪不断理还乱的思想
留住风雨过后的笑语

生命里　应该留住一些东西
留住红杜鹃对人间四月天的向往

留住黄鹂鸣翠柳的欢喜
留住春风对绿色的许诺
留住江流婉转绕芳甸的寻觅

既然留不住白驹的奔跑
那就留住它穿越时空的神奇
既然留不住四季的变幻
那就留住春夏秋冬的诗意
留住沧海一声笑
留住茉莉花香的小夜曲
留住一副可以阅读的背影
留住一则永不老去的话题

2011 年 10 月 13 日

生日

不知道为什么
我会选择了这样的一个日子
来到世界上
当我用第一声啼哭
向它报到的时候
阳光　空气　山川和大地
都微笑着接待了我
这一天便是我的生日
是我从母体里跳跃出来
亲吻光明的第一天
这注定了要在我的生命里
成为永恒的纪念

对于生日
我无法精辟的解释
我只知道这一天
是用母亲痛苦的欢乐换来的
我只知道这一天
上帝给了我人的尊严
我只知道这一天
在三百六十五个星辰里很有分量
我会把它精心地挑出来

蕴藏在情感的深处
酿造成最甘醇的酒
激动着我的岁岁年年

庆贺生日
其实是一次次的回首和想象
其实是一年年的收获和许愿
这个日子来临的时候
我总会和它拥抱得很紧很紧
静静地倾听着心的呼唤
这个日子来临的时候
我总能默默地感觉到
我生命的年轮里
又增添了圆润的一圈
这一天我总被温情陶醉着
在时光的河流里
我的浪花快乐地飞溅

2006 年 6 月 22 日

我已经进入不惑之年

我已经进入不惑之年
可是我没有走向成熟
该怎样当好孩子的爸爸
该怎样做一个称职的丈夫
该怎样旋转自己的座椅
该怎样调节情感的气候
该怎样对待金钱的诱惑
该怎样迎接生活路上的曲折起伏
这些通俗而又平常的命题
我做得吃力甚至痛苦

但我毕竟在走向成熟
有四十年的积累和思索
有四十年的砥砺和鼓舞
我知道人的脚步
该画出怎样的线条
我知道家庭
不仅仅是一间小屋
我知道人要张扬也要收敛
我知道不要轻易地用生命打赌
我知道年龄和智慧应同时生长
我知道人要聪明也要糊涂

我已进入不惑之年
我是一个复杂的多元体
正是在疑惑和解答疑惑中
我才发现和认识了自己

1990 年 3 月 4 日

花季

——写给少男少女们

花季是缤纷的色彩
花季是清新的气息
花季是欢欣的歌唱
花季是明丽的春雨
花季是纯净的性灵
花季是优美的旋律
花季是敞露的情怀
花季是好奇的寻觅
花季是飘忽的云霞
花季是天真的梦呓
花季是燃烧的理想
花季是生命的活力
花季是竞放的思想
花季是甜蜜的希冀
花季是蓬勃的世界
花季是芬芳的记忆

1996 年 5 月 25 日

六十岁的时候

六十岁的时候
才知道
不用数年龄了
才知道
年龄不是一种数字
一个花甲
理不清的时光流水

从这时起
要经常数一数骨骼
哪些疏松了
哪些还坚韧着
身体里的门
要允许一些病痛进进出出

要经常拭一拭双目
对于五颜六色
对于光环和欲望
是否眼花缭乱
是否自己迷惑了自己

从这时起

要学会在孤独中散步
听树叶落地
看花儿静开
平静地阅读四季
不要风生水起

要把心情全部打开
享受阳光　清风
森林　泉水的馈赠
享受天伦　友谊
坦然　舒缓的乐趣
日子不再慌慌张张
风尘仆仆

六十岁的时候
生命正开始唱着另一种歌谣

2010 年 2 月 5 日

一个残疾汉子和一条受伤的蚯蚓

我要发布一条新闻
我要深情地发布一条新闻
关于一个残疾的汉子
和一条受伤的蚯蚓

二〇〇八年四月十三日
下午五时十分
在公园的一条水泥道上
一个拄着双拐的中年人
发现了一条受伤的蚯蚓
蚯蚓艰难地蠕动着
留下了一条痛苦的印痕

他停下了蹒跚的步履
焦急地观察着
脸上现出　怜悯的表情
突然
他放下了一根拐杖
坚定地俯下了身子
用颤抖的手

托起了这条柔弱的生命
轻轻地放进花圃之中
蚯蚓慢慢地钻进泥土
用半截身子向他告别致敬

这条新闻被一位诗人发现了
他用分行的诗句
记下了当时的情景
诗人没有夸张想象
他担保
这是一件真实的事情

2008 年 5 月 20 日

放飞生命的绿风筝

——献给一位从事残疾人事业的殉难者

一个三十五岁的生命
用灿烂的光华
划出一道美丽的彩虹
一个三十五岁的学子
用博大的情怀
编织成斑斓的梦
一个三十五岁的强者
用孜孜的追求
攀上了人间爱的巅峰
他是那样的平凡
又是那样的伟大
他是那样的孱弱
又是那样的丰盈
他的人生那样的短暂
又被时光铸成了永恒
清风传扬着他的思想
流水吟唱着他的心声
他就是残疾人的典范
他就是我们心中的廖明

我们忘不了
他童年的不幸
那种残酷的小儿麻痹症
无情地夺走了他孩提时的笑声
一个忧郁的少年
在朗朗的晴空下
多少苦痛
多少憧憬
我们忘不了
他迈着蹒跚的步履
走出大山的情形
矫健的雄鹰为他导航
八百里清江为他壮行
他走得好累　走得很欢欣
一身的荆棘　一身的泥泞
一直走进了当代的都市文明
他在寻求知识的道路上
一步一个音符　一步一滴汗水
一步一个坐标　一步一个里程
谁都难以想象　他病残的身躯
怎能负担起研究生的重任
谁都难以想象
他在许多个学科里
为什么能够自由地驰骋

当廖明最终站在大学讲坛上
面对着莘莘学子的崇敬
让才情汩汩而出的时候
他便拥有了辉煌的生命
他以登山者的豪迈
让所有的峰峦都惊叹不已
他张开双臂　挺立高峰
成为一道独特的风景

我们实在应该感谢这个社会
她给了残疾人深深的关爱
她给了残疾人人格的平等
假如没有她的温馨的爱抚
多少残疾人只能是一腔惆怅自怜孤影
我们更要赞美廖明
他给了社会丰厚的回报
他给社会带来了一个激动
他坚强的性格里
焕发出多少活力
澎湃着多少激情
这就是我们的社会
阳光明媚八面来风
这就是我们的残疾人
坚韧不拔　铁骨铮铮

人与社会在鼓舞中共进
社会与人在和谐中共鸣

廖明是成功者
他本该在成功的欢乐中享受人生
被妻子温存地抚爱
被学生亲切地簇拥
被湖光山色陶冶
被美妙的音乐感动
然而
他却做出了大胆的选择
义无反顾地回到了残疾人当中
他要用知识
为残疾人撑起一片绿荫
他要用信念
将残疾人幸福的道路开通
他要用爱心
架起一座座连接心灵的桥梁
他要用希望
在残疾人的心田里耕耘播种
从此
他走上了一条艰辛的路
他就像苦牛一般
在漫漫的跋涉中

期盼着前方的光明
他的康复学校和“爱心之家”
是残疾人的精神家园
中华民族的传统美德
二十一世纪的现代文明
一起在这里交融
多少生命的价值在这里重新发现
多少迷惘的灵魂在这里涅槃新生
多少残缺的心理在这里健全康复
多少忧伤的人从这里扬帆出征
这就是让人惊叹的廖明效应
这就是神奇的廖明现象
一个美的创造者
为我们的社会生活
注入了多少鲜活的内容
他把小小的我化入大千
他在大千里变得丰富生动

春华秋实一年年
廖明的追求无止境
当他的事业一路奋进的时候
他的思考又进入了更高的一层
他从我国六千万的残疾人
想到了世界上的芸芸众生

他从残疾人的现状
想到了残疾人的前程
他从残疾人的自立
想到人类的生息
他从残疾人的自强
想到民族的兴盛

他想得很多　很远
他想得很大　很重
他决定创办一所国际残疾人大学
完成一件前所未有的使命
他设想就让这大学建在东湖边
晨迎朝阳心灿烂
夜伴涛声冶性情
屈子行吟款款来
白云黄鹤成佳景
他想得很美
几番春秋之后
满院姹紫嫣红
从这宽大的校门里
走出一个个贝多芬
走出一个个海伦
走出一个个张海迪
走出一个个华罗庚

到那时
残疾人素质大提高
振兴中华有新军
他想着想着
微笑着进入了梦境
那一夜　天上的星星格外明

天有不测风云
人有旦夕祸福
就在廖明为自己的蓝图四处奔波的时候
他却突然遭到了不幸
他重重地倒下去
整个大地都在颤动
他无言地倒下去
震撼了千万人的心灵
他倒在了事业最需要他的时候
他倒在了新世纪的曙光中
风抽泣　云低首
苍穹里声声唤廖明
廖明　你在哪里
我们残疾人的好朋友
我们土家族的好弟兄
你在崎岖的道路上
高擎火把朝前行

你在宽广的蓝天下
组合着残疾人的大阵容
你在明媚的春光里
放飞生命的绿风筝
你在奔流的小溪里
融化着冷酷冰层
你在明净的湖畔
奏出悠扬的琴声
你在我们的队伍里
你是崇高的精神
你是火热的激情
你是昂扬的旋律
你是坚强的魂灵
你是国家的精英
你是时代的英雄

1998 年 5 月 10 日

廖明，著名残疾人教育家，土家族法学硕士，武汉市了明康复培训学校校长，黄河科技大学国际残疾人学院院长，1997 年度“全国十大杰出青年”候选人。1997 年 12 月 19 日，他为阻止一名精神病患者的自杀行为，而被丧失理智的求助对象所杀害，年仅 35 岁。

蝉

烈日下
热浪中
蝉　鼓劲地唱着
蝉　竭诚地合奏
声音很响亮
用简单直白的抒情方式
与它钟爱的这个季节
不停地交流着感觉

也有间歇的时候
也有短暂的平静
好像在倾听四周
传来的各种议论
片刻　又是激情飞扬
既然成了夏日的代言者
就忠实于自己的职责
把一切热烈的情绪都调动起来
蝉　用不变的声调
把自己的演出季拉得很长很长

2006 年 7 月 12 日

在青草地上打滚

在青草地上打滚
一株株青草深入内心
很清香　很滋润
有蝴蝶　蜻蜓　蜜蜂飞来
任它们在草尖舞蹈
我在深刻的绿里沉浸

在青草地上打滚
很柔软　很放松
想象着成为一条鱼
出没在自己的寓言里
有风筝从头顶飘过
风筝上的鱼远不如自己

在青草地上打滚
心画出了一个圆圆的祭坛
伸展四肢躺在那里
静静中
听到了从草的根部
传来的生命的咏叹

2008 年 4 月 15 日

卑微

它们是卑微的
卑微的蜜蜂
卑微的蚂蚁
卑微的麻雀

蜜蜂总是低吟浅唱
小心地守护着一小块春天
蚂蚁神秘地往返着
搬运着星星点点
而麻雀的飞翔
如逗号似的滑过
不留痕迹

可我总想亲吻蜜蜂
亲吻它满身的色彩
一吻
就尝到了百花的味道

对于蚂蚁
我总是向它们注目致敬
它们的军团很有力量
常创造以小搏大的神话

风雨中
麻雀抖动温暖的翅膀
而不缩紧小小的脑袋
这时
就会让人举目向上
内心里也凌空高蹈

它们是卑微的
卑微的蜜蜂
卑微的蚂蚁
卑微的麻雀
每当说到它们时
我的语调就特别高亢

2009 年 6 月 8 日

翻阅照片

喜欢翻阅
自己的照片
让记忆
在时光里一次次定格
往日的风
隐隐吹动心中的涟漪

常从年少时翻看
那些起伏不定的思绪
那些成长中的欢乐与疼痛
都在一双眸子里泛起
举手投足很轻盈的样子
绿荫下涌动着青春的气息

人到中年的时候
有许多远方的梦想
那种伫立远眺的身影
那种凭栏沉思的表情
在寂寞与宽广中
诠释着春夏秋冬
生命的步履
留下了一串串特别的声音

不知不觉中

人就老了

在走过了一段段刻骨铭心的路后

一切都变得云淡风轻

这时照片中的样子

也开始变得祥和

有时干脆就拍成了一张背影

翻阅照片

喜欢一个人默默地

进入到画面的深层

一些难忘的影像

在心中会止不住地放大

然后用一种饱满的目光

读出它们的细节和生动

2008 年 7 月 14 日

根

我是树的根

我是草的根

我是花的根

我是庄稼的根

我盘根错节

我随处延伸

我在黑暗里

孕育阳光下的精彩

我在深邃中

让希望冲破封闭的地层

没有人知道我的生活

可我却有草色青青

花儿盈盈　华盖亭亭

那些美的向往

都会从我的根部

滋滋地上升

那是我对世界想要说的话

在大地里酝酿成永恒的真诚

即便腐朽了也会滋养另一个新根

生生不息中传递祝福的深情

2008 年 12 月 17 日

我是石头里的一条鱼

我是石头里的一条鱼
完美地躺在石头的岩层里
一躺就是千百万年
不会游动也不会呼吸

我的梦早已化成了一片苍白
我不认识自己的同类
也不知道江河海水
我没见过大鱼吃小鱼的争斗
还有那种相濡以沫的爱意
更没经历过鱼死网破的挣扎
竭泽而渔的妄举
我真的想知道
在什么时候
是一种什么样的力
将我抛进了石头里
我来不及面壁而思
就被时光雕刻成了坚硬之躯

我是鱼吗
难道鱼就是这样长眠不起
没有思想

没有血液

没有活力

我是鱼吗

是的　我是鱼

我是石头里的一条鱼

固化成哲学的标本

诠释沧海桑田的真谛

2011 年 8 月 27 日

土

我的祖先是用黄土造成的
我认定了
我是土的传人

我没有翅膀
不能飞翔
只能匍匐在土地上
须臾不离地厮守

土里积存的灵与肉
酿成了神圣的地气
时时地呼吸它
就有了生命的律动
就有了万劫不变的坚强

在土地上行走
目光不会迷离
那些深深浅浅的沟壑
成为我灵魂的形状
那些风雨筑就的黄土高坡
总是我面对天空的放歌台
土里等待发芽的种子

总在翠绿着我的心田

我来之于土
最终要归之于土
在土的深层里
我愿做一具最古老的化石
将人与土的缠绵
演绎得精彩绝伦

2008 年 9 月 7 日

马

你像一团火
从天际滚滚而来
燃烧着岁月的激情
你像一阵雄风
从寥寥洪荒中而来
携带着千古英雄的豪气
你的嘶鸣像一声惊雷
从九天中奔腾而下
让整个世界胸怀顿开
你雄健的步履
似激越的鼓点
从深远中传来
激荡着万里江山
你一昂首
就会有精彩的发现
你一旦驰骋起来
就不会有终点
你这伟大的牲灵啊
带给我们的
总是腾飞的信念

2002 年 2 月 14 日

雄鸡

在这个世界上
再没有比你更伟大的歌唱者
你引颈一鸣
黑暗就悄悄地散去
天和地都明亮了起来

在这个世界上
再没有比你更伟大的鼓动者
你一声啼叫
天下的仁人志士
就会闻鸡起舞
焕发出壮志豪情

在这个世界上
再没有比你更伟大的谦谦君子
即便为你命名一个年份
三百六十五天
都让你成为图腾
你也不会弹冠相庆

在这个世界上
再没有比你更有趣的哲学话题

到底是先有鸡

还是先有蛋

竟让人们争论了百年千年

2004 年 12 月 28 日

虎

山林是它的世界
一生中的图案色彩斑斓
野性穿透顽石
凛凛王者之气

它从不修饰自己的语言
一声长啸　草木纷飞
阳光脆响　骤然间
便是一个惊奇的童话

它闪电般地跳跃着
双目燃烧着火焰
雄风浩荡从不回望自己的来路

它傲立于高山之巅
用坚硬的头拨开云雨
它不想隐藏自己
只想让世界知道
一个叫虎的家伙
在天地间书写着传奇

2010 年 2 月 9 日

牛

它这一生
注定了要劳碌不休
那副沉重的轭
套在它的颈上
压迫出粗壮的呼吸

它沉重地耕耘　沉重地拉车
在碾坊里走着沉重的圈圈
月色清冷　时光无眠
即使被放牧
也会让主人骑在背上
漫行四野　任风横雨斜
它的奶水被挤出的时候
嘴里还在不停地嚼着野草
一副从容的样子

它默默地俯首而行
一辈子重复一个姿态
坚实的蹄印里
渗出的是忠诚和血

2009 年 6 月 10 日

其实，冬天也值得歌唱

不要责怪冬天
不要责怪它粗糙的性格
不要责怪它缺少色彩的鲜艳
也不要在意它的矜持
也不要在意它的冷淡
其实，冬天也很值得歌唱
只不过要换一种思考
只不过要换一种视点

冬天带给了我们欢欣的舞蹈
它飘扬的雪花
是美丽的音符在飞旋
冬天带给了我们雄浑的歌唱
它狂放的北风
是一切勇敢者的宣言
冬天没有惊心动魄的雷霆
我们可以安心地做着梦幻
冬天没有炽热的骄阳
我们的心中就没有焦灼的情感
行走在苍茫的雪原上
天　地　人就没有了界限
凿一块晶莹的冰层

一下子就拥有了生命的甘泉

冬天让我们安静
冬天让我们沉淀
冬天让我们思索
冬天让我们变得敦厚和坦然
冬天是伟大的
它承受着秋日的萧瑟
它孕育着绿色的春天
它甘居四季的最后
它迎接崭新的开端

2006 年 12 月 5 日

溪和我

溪从山上下来
轻轻地歌唱
我从山下上去
倾斜着影子
溪闪亮着思想
无拘无束
我拎着自己的情绪
心事重重
溪要到低处看世界
我要到高处把目光挂起来
我们彼此无语
我寻到了溪清亮的源头
溪却不知道我从哪里来

2011 年 3 月 5 日

寺院里的一棵老树

寺院里的一棵老树
沉静　安逸
如打坐的老僧
均匀地呼吸着香火的气息
它该有上千岁的年龄了
被火烧过
被雷劈过
被风摧过
头顶上稀疏的叶子
接受阳光的致敬

它独立不迁　心无旁骛
只把随风传诵的经文一一默记
人世苍茫　草木枯荣
它的年轮重叠成厚厚的史册

有帝王为它御笔刻石
有百姓为它焚香合掌
它不闻不问　以出世的情怀
过着隐者的日子

2008 年 12 月 30 日

江水

江水东流
不舍昼夜
清波　浊浪
蜿转　奔放
总变幻着情调

站在江水之旁
想象它的来处归宿
彼此呼应着
成为千里万里的眷恋

很想撒下一张网
在江流里打捞
用缓缓的收网动作
感觉水中的无比丰富

或者月明星稀之时
倾情地朗诵江水
饱览它的浩然之气
将一种宏大拥入怀抱

兴致浓时

会慷慨而歌
让那些旋律
串联起两岸的千古之事
浪拍心扉
激情难收

更多的时候
是一个人站在江边
什么也不想
静静地听江水的流动之音
慢慢地
羽化成一朵浪花
随波而去

2009年2月2日

植物是幸福的

植物是幸福的
无论在哪里
都心气安定
它们发芽　生长　枯荣
一次次的轮回中
做着单纯的梦
它们绿着　美着
只要有一滴水
它们就欢笑
只要有一阵风
它们就舞蹈
它们不漂泊
死了魂也在故乡
它们不流泪
不会疼痛
它们有两副肢体
一副向着太阳
一副向着泥土
它们在枝头上眺望
它们在果实里歌唱

2010 年 4 月 8 日

壁虎

壁虎和我有缘
每到夏日
就会光顾我家
没有虎的威势
像神界派来的灵物
不停地蠕动着细小的尾巴

它在窗棂上爬着
在墙壁上爬着
在天花板上爬着
整个房间
是它的极乐世界

我从不打扰它
总是好奇地望着
它的运动
它的静止
它的小心翼翼和不紧不慢
还有难得一见的
吞食蚊虫的一刹那
那晚
我做了一个梦

一片荒原上
壁虎无路可走
它不停地呼唤着
我突然站立了起来
一处陡峭的风景
让壁虎的小眼睛里
充满了希望的亮光

2008年9月6日

尘埃

它很小　很轻
甚至无声　甚至无形
无所不在地飘游

落在最低处
成为亲切的拥抱
一双双沾满泥土的脚
带动起它内心的欲望

在仰视不到的地方
它也会飘然而下
让自大　孤傲　高高在上的神圣
都脱不掉世俗之气

它曾迷茫过你的眼
尘封过你的思想
也曾难为过你的呼吸
弄脏过你的裙裾
你用风雨洗浴着日子
它化身于你的血里
在尘埃里捡起一个字
就能读出一串箴言

灰土土的真诚
在尘埃里
你最终找到生命的归处

2009 年 8 月 12 日

圆

浑然一体　照应万方
自在自如
解不开的谜团
有人唱起圆润的歌
在圆的回音壁里
凝聚共同的情感
有人跳起了圆舞曲
踏着圆熟的节拍
随圆一起旋转
常常有人在圆梦中
将一个个结局
设计成吉祥圆满
更有那些思想圆全的佛
挺着圆圆的肚子
默然静观
深悟圆的理性
指引花好月圆
圆包容一切
人在其中　吐纳虚无
如蛹蜕变

2018 年 12 月 2 日

风筝

你很自豪
在高高的空中舞蹈
地上的人儿
望着你欢笑

你很可怜
依靠风才能摆摇
还有那根线儿
牵扯你不得乱跑

1996 年 3 月 13 日

一枝红杏出墙来

我就是那枝红杏
那枝伸出墙外的红杏
春色满园万紫千红
我不愿在繁丽中淹没自己

墙外的世界
正缺少鲜艳的点缀
一朵花的叛逆
丰富春风的故事

我很自在
没有藩篱的围困
一双明媚的眼
将世界看得很透亮

我的离群索居
绝非孤傲之举
用一种自由的绽放
解说春暖花开

2018 年 4 月 26 日

我时常敲打自己的骨头

我时常敲打自己的骨头
检测各个部位
是否完好无损
是否骨肉相连
一副骨架
顽强地挺拔我的躯体
我引以为豪
我的骨骼大都铮铮作响
坚韧的活力
在骨髓里流动
我能听到它们的歌唱

也有隐隐作痛的暗伤
也有老化和疏松
对于这些骨头
我从不去伪装他们
我会用旷达的忍耐
甚至反叛的行为
去矫正那些扭曲和变形

我时常敲打自己的骨头
倾听身上熟悉的声音

我不求傲骨峥嵘
只愿有一种硬朗之气
伴我一生

2020 年 4 月 23 日

水仙花

寒凝大地时
你亭亭玉立
清秀　高洁
给人间带来春意
一勺清水
几粒石子
便可以花香浓郁

水仙花
你为何这般奇异
传说很久以前
有一对金盏百叶的情侣
为了引出山妖堵截的水源
造福乡亲
献出了自己的生命
就在他们献身的地方
一对神奇的水仙并蒂
啊水仙花
你是山水的精灵
大地的儿女

1982 年 2 月 13 日

夜晚　喜欢一个人静思

夜晚
喜欢一个人静思
夜的黑暗里
化为一条鱼
从白昼的光影里游来
抖掉身上的鳞片
赤裸着自己

此刻
会凝望星月
沉浸在蔚蓝之中
只有心中的河
在月色里泛着波光
一叶小舟
正贴着绿水的情感
缓缓而行

2016 年 4 月 28 日

我们老了

我们老了
就不要去掩饰
头上的白发
该白的就全白了
换一种色彩
如行云之飘逸

我们老了
就不要去抚平
脸上的褶皱
留住那些沟沟坎坎
告诉儿孙们
岁月是一种什么样子

我们老了
满嘴的牙齿开始松动
磨砺了许多的坚硬
而今该在一种恬淡中
含英咀华

我们老了
需要有一根拐杖

帮助行走
需要有一副眼镜
帮助探路
用拐杖敲响晨钟
用眼镜透视晚霞

我们老了
说话不再急促和轻率
平湖秋月
梅花三弄
吐出的每一个字
都在心里长久发酵
成为深刻的辽远之音

2014 年 1 月 13 日

小浪底　我热烈地歌唱你

小浪底
我热烈地歌唱你
歌唱你汪洋般的豪情
歌唱你有容乃大的勇气
我的黄河母亲啊
今天　我才真正认识了你
你的浑浊的血液
奔腾了千万年
在这里变得清澈美丽
你的狂傲的性格
奔放了千万年
在这里变得舒展和惬意
小浪底
站在你的面前
我突然成了黄河里的一条鲤鱼
游进历史的深处
游向未来的希冀
然后
以一个优美的姿态跃出水面
向整个世界传扬黄河的奇迹

2001 年 9 月 21 日

风吹来

风吹来
一阵微风吹来
我心的湖面上
水波不兴
那些早已酝酿好的诗句
一行行地沉潜了下去
它们不愿在平静中
随意地抒情

风吹来
一阵大风吹来
我衣衫飘动
毛发张扬
浑身长满了翅膀
被风不停地旋转着
我欲乘风而去
不知情归何处

风吹来
一阵狂风吹来
我的骨头里
飞沙走石

咯咯作响
一番激越之后
身子里那些柔软的部位
便不再痉挛

风吹来
一阵飓风吹来
我上天入地
腾挪翻飞
双目迸发出闪电
蓦然看到
有人在江渚独钓

2012 年 5 月 27 日

我习惯扭头看自己的脚印

我习惯扭头看自己的脚印
看独自行走的路上
双脚写下的诗行
那些浅浅的脚印
轻轻地抚摩着日子
一阵风就吹拂而去
那些深深的脚印
踏响一串串音符
成为春天里青翠的口号
或秋色里饱满的感叹
而几行歪歪扭扭的脚印
想必是足下打滑的时候
内心里的惶惑不定

脚印其实是很难看到的
你重复着别人
别人重复着你
雨雪浸漫
飞沙尘封
纷至沓来
转瞬即逝
自己的履痕

只有自己嗅出味道来

可我总爱回头观望
总爱收集自己的行迹
并一一整理
编排成行动的指南
然后带着它们上路
唱起山高水长的歌谣

2009 年 6 月 28 日

那些鸟儿们

那些鸟儿们
在树上筑巢
在树上睡觉
阳光播洒
风雨飘摇
树是他们永远的家

他们在树上生儿育女
在枝头上阅读人间
它们用自己的语言编码
说着温暖真诚的话
清亮的歌声随心而欲

它们常到地上觅食
试图与人亲近
灵巧的身子
从善良和邪恶中滑过
神性的羽毛
书写着自由和匆忙

它们也有老去的时候
当它们再也衔动不了一抹秋色

长空低垂

翅膀沉重

那留在空中的最后一声鸣叫

就成了永远的天籁

2011 年 3 月 24 日

挑夫

流火七月
我跟在一位挑夫的身后
踩着他湿透的脚印
向峰巅爬去

他光着膀子
在浓烈的阳光下
一步步沉着地上升
粗壮的气息挽着野风的臂
他那副挑战的样子
让我发软的腿
不敢停留在任何理由中

他总在前面
主导我的视线
背上油亮的光泽
闪烁我的双目
不停地燃起向上的欲望

到达山顶
挑夫长舒了一口气
抹了一把额头的汗滴

猛地朝山下一摔
一种清亮的声音
在群山回响

2009 年 8 月 31 日

从一片落叶旁经过

从一片落叶旁经过
我不敢惊动它
它疲惫地落于地面
应该很好地歇息了

叶片很大　很苍白
被风吹皱的叶面上
顽强地固守着一个世界的秘密

我庄重地立在那里
感觉它的安宁和必然
计算着从树枝到地面
一种顷刻间的漫长

起风了
这片叶子扶摇直上
它亲吻了一下自己的枝条
又一次飘然而下
我从它的身旁经过
惊动的只是脚下的几粒尘埃

2009 年 11 月 30 日

老树

歪着脖颈
弯着腰
总像要倒下的样子
几片黄叶
在阳光下艰难地呼吸
一阵大风吹来
它苍老的根须吱吱作响
都以为它在哭泣
其实
它是又一次在歌唱自己

2002 年 10 月 15 日

足迹

一个小女孩在海滩上嬉戏
海浪淹没了她的足迹
她望着大海伤心地哭了
好像丢失了宝贵的东西

海浪慢慢地褪了下去
沙滩上留下了几尾小鱼
她望着大海快乐地笑了
妈妈说这就是她的足迹

1990 年 8 月 14 日

雪人

雪地里
儿子堆成了三个雪人
他说
一个是爸爸
一个是妈妈
那最小的
便是他自己
四周好亮呀
三个雪人没有眼睛
他们一抬手
就握在了一起
在雪地里
尽情地起舞
世界都看着他们

1985 年 12 月 30 日

有这样的一群人

——献给武汉老鹰时装表演队的老年模特们

有这样的一群人
青春早已逝去了
可依然焕发着青春
有这样的一群人
生命已经辉煌过
可依然在创造着光荣
有这样的一群人
走过了许多条人生的路
可依然在开辟新的途径
有这样的一群人
将夕阳和朝霞调和在一起
涂抹出了绚丽的面容
有这样的一群人
用变幻的霓裳
展示出情感的色彩
有这样的一群人
用轻盈的步履
旋舞出生活的憧憬
有这样的一群人
用活泼的心态

编排出可爱的童话
有这样的一群人
在音乐和光影里
成了快乐的精灵
有这样的一群人
从我的心里走过
我的心里
就永远有一条闪光的河

2005 年 2 月 22 日

太阳下的歌唱

公园里
绿草坪旁
一群老者
总爱在太阳下歌唱
唱那些年轻时喜爱的歌
青春的气息
在银发上闪烁着光芒
每一首歌的最后
他们都爱重复
一个习惯性的动作
用有力的手臂挥向远方
这时
所有的音符
都有了饱满的情绪
乘着歌声的翅膀
快乐地飞翔

他们也爱吟唱
那些“夕阳红”之类的歌曲
一首首唱得很抒情
唱得天蓝蓝　水蓝蓝
空气里散发着生命的芬芳

这时他们会手拉着手
在行云流水的慢板中
微微地闭着眼
进入到一种很美的遐想

公园里
绿草坪旁
一群老者
总爱在太阳下歌唱
这里成了一块奇妙之地
无论什么时候
都洒满了太阳的金光

2005 年 3 月 27 日

感谢

感谢黑暗

让我认识光明

感谢苦

让我孕育甜蜜的梦

感谢丑

让我知道美是什么

感谢谎言

让我的胸怀坦荡忠诚

感谢挫折

让我冷静地面对成功

感谢贫困

让我富贵不淫

感谢嫉妒

让我学会宽容

感谢孤独

让我敞开心的窗棂

感谢彷徨

让我内心平和安定

感谢猝不及防的灾难

让我珍惜生命的每一分钟

2004 年 9 月 8 日

一个人在植物园行走

一个人在植物园行走
心静得
没有一点思想
自己就是一棵树
一株草
一朵花
只有轻轻的脚步
为芬芳的呼吸打着节拍
享受到了一种归宿的感觉
在美的漫行中
一颗心被铺展开来
编排自己的画卷

2008 年 8 月 19 日

人　应该按照自己的方式生活

人 应该按照自己的方式生活
在这个世界上
要活得自由而洒脱
不要处处拘谨迈不开脚步
不要扭曲灵魂丧失自我
不要压抑个性的发展
不要堵塞了情感的那条河
做人就应当尽情地舒展襟怀
让生命扬起欢乐的浪波
在世界的歌唱中
总能听到自己的一首歌

1995 年 2 月 23 日

我曾经年轻过

我曾经年轻过
拥抱着冉冉升起的朝阳
心里燃烧着一团火
我曾经年轻过
在荡漾的春风里
敞开胸怀　放声高歌
我曾经年轻过
仰望着浩瀚的星空
寻找哪一个是我灿烂的星座
我曾经年轻过
在英雄们的篇章里壮怀激烈
总想把自己打拼成闪光的角色
我曾经年轻过
也有过迷惘的目光
也有过痛苦的思索
但很快就有云开日出的时候
眼前又是一派天高海阔
我曾经年轻过
我不知道我是谁
总有一种梦幻伴随着我
而今　我不再年轻了
可我总忘不了年轻时的岁月

那是一条澎湃的河流
那是一段神奇的传说
那是一只扶摇直上九万里的大鹏
那是生命旋律中最激越的节拍
啊　年轻的朋友
虽然我不再年轻了
可我的心里依然是莺飞草长的三月
我很愿和你们一起
再唱一遍青春之歌
有这样的歌声陪伴着
时光不会蹉跎
生命永远蓬勃

2005 年 1 月 17 日

前方有棵树

前方有棵树
总走不到它的身旁
它好像永远挺立在那里
又好像永远前行的模样

它就这样存在着
从不改变树的形象
成为生长的高度
成为绿色的希望

阳光下
它一身的灿烂
所有的叶片都闪烁着亮眼
流露出新的向往

风雨来了的时候
就能听到它的歌唱
那些枝条很洒脱地舞蹈着
显示着从容和力量

多少个春去秋来
这棵树不曾老去

依然枝繁叶茂
依然气宇轩昂

前方有棵树
总想走近它的身旁
为了自己也成为那棵树
我的心总在飞翔

2007 年 5 月 5 日

如果

如果我是风
我会停留在你心的旷野上
用永不疲惫的激情
为你吹奏欢快的哨音

如果我是白云
我会凝聚成一道严密的屏障
让所有的邪恶
都无法进入你纯净的思想

如果我是惊雷
我会在你最痛苦的时候炸响
让一切阴霾都仓皇逃遁
你不再有惆怅和忧伤

如果我是闪电
我绝不会转瞬即逝
我要用那把利剑
给你带去勇气和力量

如果我是雨点
我会在你的心田里飘游

像天使一样
把爱撒在你最需要的地方

如果我是雪花
我会用最美的姿态
邀你翩翩起舞
旋转成不老的童话

2004 年 12 月 20 日

康巴汉子

康巴汉子是雄健的牦牛
康巴汉子是长空的雄鹰
康巴汉子是天籁的声音
康巴汉子是狂放的舞蹈
康巴汉子是锋利的藏刀
康巴汉子是热辣辣的青稞酒
康巴汉子是呼啦啦的西北风
康巴汉子站着是高高的玉龙山
康巴汉子躺下是滔滔的金沙江
康巴汉子是高原上永远飘扬的旗号

2002 年 7 月 24 日

宇宙和人

在这个璀璨的宇宙里
我们认识的实在太少
如果要问天上有多少个星座
就很难说得清楚和明了
大千的宇宙啊
你包容了多少秘密
让我们人类生生不息地去探晓
宇宙和人
一个多么悠久和广袤
一个多么年轻和渺小
然而我们人类
却能和宇宙亲密地厮守
在时光的演化中
不断地将自身提高
我们能让高天行云流水
我们能让大地万物丰饶
我们在想象中追寻科学的法则
我们在求是中解析一个个奥妙
我们蓬勃的生命活力
穿越了无尽的时光隧道
我们辉煌的智慧之光
孕育了多少神奇的创造

人啊

其实是宇宙中最伟大的精灵

如果没有人类的活动

偌大的宇宙

将是多么的混沌和单调

宇宙永恒

人类永恒

在宇宙的万物中

我们人类的故事

总是最生动

总是最美妙

2002 年 11 月 10 日

我是太阳

当我从黑暗中冲突出来
在炼狱中成为火的凤凰
我是太阳
当我从沉沦中又一次奋起
不屈地扑向遥远的辉煌
我是太阳
当我用炽热
焚毁生命中的怯懦
冶炼成坚韧和顽强
我是太阳
当我在满是阴霾的时候
用锐利的思想凿出希望之光
我是太阳
当我情系在自己的轨道上
任风雨雷电肆虐而不迷惘
我是太阳
当我每天都用崭新的目光
阅读一个新鲜的世界
我是太阳
我——是——太——阳

2002 年 5 月 17 日

新闻老兵

拦住岁月的脚步
我要大声询问
你为什么这样的匆匆和无情
一下子
就把我们变成了
六十岁、七十岁、八十岁的年龄
你让我们腿脚沉重
你让我们满头白发
我们的手笔有些颤抖
我们的腰身不再挺拔
我们真的老了
成了秋日里的一片枫叶
成了夕阳里的一抹云霞
成了新闻史上的史话
我们谁也没有想到
这么快就变成了伏枥的老骥
再也不能在第一线
采访、拍摄、现场直播
我们的笔
我们的摄像机
我们的话筒
这些形影不离的老伙伴啊

曾伴随我们走过了多少个春夏秋冬
美了岁月
美了年华

我们的笔
总在为时代立传
写出她的欢乐和痛苦
写出她的进步和变化
我们笔下的那些文字
排列成忠诚的队列
行进在共和国的历史里
接受使命的调遣
任凭风吹雨打

我们肩上的摄像机
总是睁大着眼睛
捕捉难忘的瞬间
定格最生动的刹那
在城市　在农村
在军营　在建设工地
在地震的废墟上
在肆虐的洪水前
我们用一张张画面
记录时代的风采

为共和国的记忆
留下珍贵的档案

那只金色的话筒
握在我们的手上
特别的有分量
生活中的见闻
老百姓的心声
都会及时地传达
它直通情感的深处
一句话就会感动天下

我们在新闻的许多个岗位上
都默默地奉献着
做一名新闻战士
是我们最大的光荣
在共和国那部庞大的宣传机器上
铭刻着我们的意志
我们的足迹
我们的憧憬
铭刻着我们这些
饱经沧桑的新闻老兵

今天我们老了

越过了一座又一座山峰
我们进入了另一重风景
谁说我们生命的船
再也托不起高悬的风帆
谁说我们的老花镜里
尽是落叶飘零
哈哈
我们老得坦然
老得快乐
老得从容
挽着清风的臂膀
我们静静地行走
在回忆录里
重温多彩的人生
T 型舞台上
我们是一个个俏模特
走成了格调
走成了意境
握一支笔
画山水　画鸟虫
亮一亮嗓子
唱茉莉花香
唱大江奔腾
或者结伴出游

或者垂钓养性
在大自然里陶冶性情
当然啦
有时还要传帮带
宣传优良的传统
这就是我们的生活
不再风生水起
依然丰富生动
这就是我们的老年
诗意盎然
健美庄重
我们在秋色里徜徉
每一个人
都留下了一副可以阅读的背影

2012 年 4 月 8 日

青藏高原

想着它的名字
世界都在上升
所有仰望的目光
读着圣洁的形象
心高不过布达拉
云飘不过喜马拉雅
经幡自由地拂动
转经筒诵着生命的祭文

牦牛一样的汉子
在青稞酒里狂舞
阳光从少女脸上淌下
格桑花灿烂地唱着
藏羚羊古老的族群
生生不息地漫游
茫然的净土上总有神秘的诱惑

苍鹰的雄翼
在雪峰上翻卷着岁月
闪烁的光亮是永远的大写意

2014 年 3 月 2 日

鼓

鼓是有灵性的
那些蒙在鼓上的兽皮
都附着一个灵魂
鼓点激越
灵魂跳荡

鼓声在天空与大地间响起
所有的力量都奔驰而来
一切都不再寂寞和等待
激情在鼓面上闪烁

鼓是鼓手热烈的生命
一声声的震颤中
迸发出奇异的语言
与世界精彩对话

2014 年 10 月 23 日

我一生只做自己

我一生只做自己
绝不重复别人
时刻保持自己的形象
在人生的舞台上清晰可辨

自己在自己的思想里
长出一双双眼睛
即使最后都黯然无光
也要在仅存的一道缝隙里眺望

自己在自己的路上
开辟一方山水
无路可走的时候
就用骨骼搭建成桥梁

自己在自己的情感里
投下重重的拷问
惊艳的漩涡上
灵魂跃出深渊

自己背着自己的爱和恨
寻找哲学的答案

穿过耶稣的十字架

自己救赎自己

2015年12月7日

读《满江红》
——致岳飞

气冲霄汉
栏杆拍遍
你仰天一啸
千古不绝
喑哑了无数的轻歌慢调

你的恨
化成风雨潇潇
翻卷猎猎帅旗
拍打盔甲战袍
粪土功名利禄
只为山河完好

太行雄风
黄河波涛
贺兰山阙
八千里路云影变幻
狂飙突进
在残破的天地间舞蹈

你壮志未酬
没待到朝天阙
便在风波亭里
暗枪倒下
一声叹息
瘫痪了一个王朝

我也是中原之子
和你一样的乡情乡调
我用大河一样的情怀
将你的《满江红》
读成呼啸而来的
血的燃烧

2014 年 12 月 14 日

纤夫的行走

纤夫以非常的样子
在迢遥的岁月里行走
他们倾着身子走
他们踩着重重的步子走
甚至在崖壁上爬着走
朝朝暮暮
大地上刻画生命的线条

他们跣着双足走
他们光着膀子走
甚至裸露着全身走
风风雨雨
与江水河水竞逐
读透它们的心思

他们喊着号子走
他们吼着粗犷的歌谣走
他们浑身的血脉澎湃
年年岁岁
绵长的河流上
放飞特别的旋律

纤夫的行走
不需要彩排
一串串足迹
千万年后
都会成为
最值得研究的化石

2014 年 6 月 17 日

人

感谢上帝让我出生为人
我的形象很好描画
只需一撇一捺
就支撑起全部的躯体
我仰首向天　我脚踏大地
单纯而孤独　总是御风而行的姿态
我一生一世都在寻求
万事万物中无法预测自己
当新鲜的黎明透露出曦光
我在理想的路上欢欣或死去

我不会忘记自己的祖先
不会忘记那些在树上攀援的猿
正是他们勇敢地直起身子
人的尊严才巍然而立
我以后来者的虔敬
在他们丢弃的拐杖上
刻下了这样一行字
人
是永远不安的灵性

2013 年 6 月 1 日

雁南飞

一字形队列
人字形队列
在祖先飞过的线路上
年复一年的编排
南飞　南飞
柔美的云朵抚摸着双翼

一群死不离散的远行者
迢遥中追寻温暖的呼唤
风去雨来的飞翔里
总忘不了回家的路

2020 年 4 月 16 日

惊雷

轰隆隆而来
沉雄而狂暴
撕天裂地的气势
凌驾于万物之巅

雷声滚滚
乱世尘埃寂然俯首
任大雨滂沱
荡涤山河

惊雷从不自作矫情
一任壮怀激烈
震醒蛰伏的灵魂
一切不再是冥顽和永恒

无调之歌的惊雷
是神圣的霹雳
没有哪一种声音
能像它响彻环宇

2020 年 2 月 26 日

雪

渴望着一场雪
雪真的就来了
轻盈得没有一点声音
一种纯净的白
一统山河

雪是善舞者
旷野山峦河流之上
到处都是抒情的舞台
每一块版面上
都留下玲珑的姿态

雪柔美而温暖
一贴近胸怀
就在内心里缠绵
一切尘埃往事
都被净化了

天马行空的雪
在冷静中宣言
飞扬的思绪
从高高的天幕上

稳稳地落下
敞开最圣洁的情感

我是爱雪之人
视雪为圣物
大雪盈盈中
我会匍匐于雪的上面
深情地吻着
然后侧耳倾听雪的许愿
桃花流水
莺飞草长……

2020 年 1 月 20 日

老人与箫

老人端坐河边
暮色的柳荫下
搦一管长箫
他全然不顾什么
仙风道骨的身子
与风尘格格不入
箫声古奥
从箫管里飞出
沉稳的气息
把控时光的节奏
悠悠慢板
如诉　如怨
如泣　如歌
凄迷的往事
被月色融化
老人一动不动
唯见手指在音孔上跌落
幽美之音
撩起一河的情思

2019 年 8 月 7 日

马嵬坡杨贵妃墓

想不到
这野岭荒山
竟是她最后的葬身之处
她是越不过这道坎的
她注定越不过这道坎
国家有难
不是让女人挺身而出
就是视女人为红颜祸水
一道关于女人的命题
别无解答

杨妃死
六军进
玄宗回马
天下太平
看来这个倾城倾国的杨玉环
真该早早地倾身而去
女人啊女人

2014年10月10日

夕阳

夕阳快要落下
醉人的情调
绯红了整个黄昏
一道金黄的光照
是眷恋不舍的温情
一切都开始变得安静
鸟儿们在寻找栖息的归宿
人在夕阳的晚风里
尾随落日的背影
所有的忧虑和不安都停止了
缓缓地散进无语的心境中
在夕阳的余晖里
伟大和渺小融为一体
一道特别的风景
笼络了许多主题

2019 年 8 月 5 日

手掌

伸开手掌一马平川
掌纹纵横交错
江河奔来眼底
竖起五指
山峰相连
握成拳头
坚如磐石
掌心把控一切
牵动血脉情感
击掌而歌
把心托在掌上
双手合十
多少含情许愿
两只手掌
翻水为云
覆手为雨
猜不透的变幻
水从手指间滑过
带去的总是缠绵

2019 年 8 月 1 日

藤

我是扯不断　砍不尽
烧不死的藤
爬南墙　倚树干　绕篱笆
无所不能
我不怕烈日晒
狂风摧　冰雪冻
也不怕贫瘠地
干涸处　钻夹缝
我饮野露　伴清风
倒挂悬崖成风景
我喜欢攀援而上
也能够匍匐而行
赤条条　我行我素
弯弯绕缠绵多情
我不求金枝玉叶雕梁画栋
只图个随心所欲痛快一生
我是藤
树谱中不入正宗
全凭着　柔软软　坚韧韧
天赐我一个美名常青藤

2019 年 8 月 9 日

鹰

鹰栖在岩石上
睁着一双锐利的眼睛
它在做短暂的歇息
等待着再一次凌空
广袤的天幕下
是它生命的大舞台
无边无际的诱惑
演绎诡奇的剧情

蓝天白云悠悠
任其快乐地盘旋
一阵阵自由的风
书写无尽的柔情

暴风雨来了
它以钢铁的翅膀
拍打冷冷的云翳
一团火焰在苍茫中穿行

它一旦发现目标
就会迅速地俯冲
用一种强悍的姿态

将生存的法则论证

当衰老乏力的时候
心也不会下降
那些带血的羽毛
仍旗帜般地舞动

它是一只鸟
又超越了鸟的本能
在太阳的光芒里
投下不死的身影

2017 年 9 月 2 日

父亲母亲大写意

父亲是山脊
母亲是河床

父亲是雄壮的日出
母亲是温情的月光

父亲是经天的神话
母亲是行地的华章

父亲的胡须茂密成日子
母亲的长发缠绵着时光

父亲一声叹息
就是崛起的前奏

母亲一滴泪水
燃起希望的光亮

父亲的肩膀永不陷落
母亲的大手镇定四方

父亲躺下了

背影还在矗立着

母亲睡了
大地为她歌唱

2017 年 6 月 10 日

石头

我顽固　我坚硬
我是永不衰老的生命
我隐匿于地层
成为支撑大地的基座
我裸露于苍穹之下
自有虎踞龙盘的坚定
我有坚不可摧的性格
我有压灾镇魔的威风
我是女娲补天的五色石
我是精卫填海的排头兵
我可以卑贱得让人踩在脚下
也可以创造富丽堂皇的意境
我可以温润如玉
也可以乱石穿空
我可以刻下丰功伟绩
也可以铭记千古骂名
我信奉沉默是金
为万事万物祈祷
而一旦瞬间爆发
便会石破天惊

2017 年 7 月 14 日

老火车站

这座老火车站
如今已成了博物馆
百年来它挺身而立
阅尽一城春秋
我无数次地走进这里
由此走南闯北
它起伏不定的胸腔里
接纳一切欲望的来往

在月台上候车
总是目光远眺
当脚下微微颤动的时候
火车就呼啸着来了
一列列绿皮火车
似永不卸磨的驴
在岁月里深刻地穿行

如今线路已经外迁
老火车站有些落寞
只有门楼上的大钟
还在顽强地转动着
一声声苍劲的报时之音

向世界宣示

老

是又一种存在

2016 年 8 月 7 日

岩缝里的种子

我是一粒小小的种子
不知道被哪一阵风
或哪一只鸟
带进了这岩层的缝隙里
凭着一点点的温情
我开始发芽生长
成为一棵小草
一朵野花
一棵根底浅薄的小树
世界从来没正眼看过我
雷电风雨将我戏弄
冰霜炎热将我折磨
而我却固执地
在坚硬中守候
岩石在
我的精气便在
从不败退的生命里
永远没有自己的挽歌

2019 年 7 月 29 日

放鹰台

李白晚年，游历东湖，见一苍鹰被猎人设网缚困，遂破网救之，托鹰放飞，以寄壮志。

放鹰台啊放鹰台
李白游历此处来
诗文天下人仰慕
岁月蹉跎空徘徊
寂落暮年在囧途
壮志未酬不懈怠
渺渺东湖泱泱水
激起诗人心澎湃
长风破浪会有时
直挂云帆寄沧海
诗人正在沉吟中
忽闻一声鸟鸣哀
一只苍鹰困网中
欲展雄姿冲天外
诗人顿生恻隐心
破网放鹰敞心怀
大鹏一日同风起
扶摇直上九万里
诗人仰首放眼量

一派沧浪齐喝彩
吾辈岂是蓬蒿人
天生我才李太白

2013 年 10 月 24 日

英雄

英雄打马而来
在烽燧前停下
烽燧的狼烟早已熄灭
赤鬃马热烈地站着

脚下的沙砾滚烫
风里仍飞卷着哀唤的嘶鸣
《国殇》里奔涌的血
垓下的四面楚歌
群雄逐鹿中原
都是英雄的心里
深深吻着的残梦

英雄在烽燧前
石头般沉默不语
然后一个抱拳
扬鞭而去
嘚嘚的马蹄里
正迸发出激越的感叹

2013 年 9 月 4 日

古隆中诸葛躬耕处

我不止一次来到这里
在诸葛躬耕之处
想象一千八百年前
这块地上的那些情景

我想诸葛一定很会犁田
犁铧翻起波浪重重
我想他一定很会插秧割麦
每年都有好的收成
种菜养鸡　布衣人生

我甚至还想
他一定常常心怀旁物
思考种地以外的大事
比如三分天下
合纵连横
汉室复兴
躬耕的田亩很小
思想的天地很宽
一篇治国经世的大文章
就在这方块地上写成

每一次来到这里
我的目光
都要注入土的深层
我很想知道
一种大智慧
是怎样在这温暖的土里
孕育而生

2014 年 1 月 18 日

秋风起时

秋风起时
我在擦肩的楼群中行走
忽然想起了杜甫的那首
茅屋为秋风所破歌
那些飘落了一地的茅草
正长成一根根坚固的钢筋
在铜墙铁壁里一动不动

秋风起时
我没有忙着更换衣服
只是不紧不慢地
将上衣的扣子扣上
这些年我早已领教了
冷暖无常的味道

秋风起时
经过一棵树下
一片叶子飘来
伸手摸了摸
叶片的情绪很高
一张没有褪去芳华的脸
在萧瑟里笑容可掬

秋风起时
我正在心田里刈除野草
春天里一不留神
播下了虚伪的种子
无法像农民一样的收获
我重重地将杂物踩进泥土
期待着一场新的变化

秋风起时
我没有写诗
只是反复地咀嚼着
秋风里的那些味道

2014 年 7 月 25 日

帆

帆在江河上扬起
帆在大海上扬起
波涛之上
总有骄傲的光芒

帆不喜欢降落
降落是苍白的妥协
帆知道一旦落下
就会消泯生命的力量

帆是不会低头的旗帜
一直恪守鲜明的瞭望
漫天云雾过后
阳光在它的经纬里脆响

帆总在渴望着风
在风的鼓舞中
它在憧憬
一个远方的梦想

2018 年 9 月 26 日

骑三轮的老夫妇

骑三车的老夫妇
总爱在公园里游动
坐在自己的坐骑上
享受暮年的光景
彼此都很安静
任凭车轮轻轻地转
转过春夏　转过秋冬
转成一圈圈彩色的虹
他们很少言语
只是用温和的眼睛
看着周围的世界
有时也会停下来
倾听孩子们的欢笑
和小鸟的歌声
面前的路啊不知走了多少遍
可每一次都很新鲜
好像前方有永远看不完的风景
骑三轮的老夫妇温厚而慈祥
用沉静和安逸
演绎着又一重人生

2007 年 10 月 21 日

酒歌

天苍野茫
在鄂尔多斯高原
和成吉思汗的子孙们
一起喝酒

蒙古包很华丽
里面升腾着肉香酒气
牧羊犬欢欣地摇着尾巴
马头琴早已酿足了情感

银碗里斟满了草原的丰美
悠扬的长调随即唱响
一个用酒和歌打造的礼俗
在这里传承了千百年

不知道主人们都唱些什么
只感到血在奔涌
只感到情在燃烧
只想把生命系在马背上
自由自在地奔跑

接过亮闪闪的银杯

用一生的酒力和豪情
酣然而饮
甘愿把自己
醉倒在他们雄放的性格里

2006 年 1 月 15 日

走进春天

呼吸着第一缕春风
沐浴着第一场春雨
我们一同走进了春天里
虽然残冬还在拼命地喘息
还有冷漠的思绪
还有感伤的泪滴
可是春天毕竟来了
河流上的冰层
正被温情溶化着
小草倔强地挺起了身躯
鸟儿们也舒展开了彩色的羽翼
如果侧耳倾听
还能听到许多破土而出的梦呓

当走进春天的时候
我们总有一种特别的感觉
好像生命一下子活跃了起来
情感里泛起了闪光的涟漪
好像目光一下子明亮了起来
放眼开去
到处都是绿色的希冀
是啊

春天是第一声歌唱
它那万钧雷霆之音
给满世界带来了欢欣和惊喜
春天是第一幅水彩
它用万紫千红的笔触
点染出梦幻的美丽

我们知道
春天不仅是时序的更换和轮回
春天是时光赠给我们的
一份珍贵的厚礼
它有甘醇的雨露
它有蓬勃的生机
它有温暖的情爱
它有升腾的气息
它有无边的遐想
它有飘逸的诗意
春天最钟情那些虔诚的朝觐者
它敞开博大的胸怀
赐给我们生活的真理
赐给我们生命的真谛

让我们在春风里
感觉春的脉搏吧

让我们在春雨里
聆听春的心语
让我们在春光里
描绘春的笑靥
让我们都成为春的使者
快乐地撒播春天的爱意

2004 年 2 月 16 日

文化遐思

诗

诗是关关雎鸠　在河之洲的唱合
诗是屈原的楚辞
和他投身的汨罗
诗是曹孟德东临碣石
以观沧海的气概
诗是陶渊明采菊东篱下
悠然见南山的快乐
诗是蔡文姬胡笳十八拍的悲愤幽怨
诗是谢灵运白云抱幽石
绿筱媚清涟的山水描摹
诗是李白黄河之水天上来的瑰丽奔放
诗是杜甫朱门酒肉臭
路有冻死骨的忧民忧国
诗是李商隐春蚕到死丝方尽
蜡炬成灰泪始干的爱情咏叹
诗是白居易浔阳江上听琵琶的泪花朵朵
诗是柳永忍把浮名
换了低斟浅唱的放荡不羁
诗是李清照寻寻觅觅
冷冷清清的惆怅寂寞
诗是苏东坡大江东去的飘逸豪迈
诗是辛弃疾醉里挑灯看剑的壮怀激烈

诗是岳飞待从头

收拾旧山河的报国之志

诗是文天祥人生自古谁无死

留取丹心照汗青的千古名节

诗是龚自珍九州生气恃风雷的思想呐喊

诗是秋瑾一腔热血勤珍贵

洒去犹能化碧涛的巾帼气魄

诗是郭沫若狂飙突进的女神

诗是艾青深情思念的保姆大堰河

诗是徐志摩再别康桥时轻轻的挥手

诗是闻一多红烛一样的闪烁

诗是喷吐而出的情感宣言

诗是永远燃烧的激情之火

2005 年 6 月 23 日

我坚持用笔写字

在这个电脑盛行的时代
我坚持用笔写字
用笔写日记
用笔写书信
用笔写诗歌
用笔记下油盐酱醋的支付
用笔记下人情世故的债务

我坚持在一张白纸上
树立自己的形象
在那些用笔写出的文字里
有我的骨架
我的血脉
我的泪水
我的舒展和弯曲
我是被汉字哺育的
我虔诚地用笔亲吻着汉字
我常常想
屈原做《离骚》之时
那种握笔辗转的姿态
我能够看见
王羲之的书法里

千变万化的气度
我能猜到
李白醉酒的时候
他的笔一定是醒着的
我甚至能感觉到
毛泽东笔走龙蛇时
风云奔突的豪气
一支笔缠绵着中国的文字
笔和字演绎了文化的神奇

在这个电脑盛行的时代
我是一个落伍者
我满手满脸的墨迹
扛着一杆秃笔
走着自己的路

2010 年 9 月 12 日

怀念书信

那飘洒在书页上的情绪
是很难看到了
那流淌在书页里的心声
是很难听到了
读不到书信的日子里
心沉寂得无法飞翔

电话是不断的
手机上的短信是不断的
电脑里的影像也是不断的
任凭单调的语言
和轻便下载的信息反复涌来
情感的世界却正在荒芜

很怀念那小小的信封
和薄薄的纸片
怀念一种很古老的交流方式
每当收到书信的时候
激动的感觉骤然而至
或甜蜜地微笑
或痛苦地抽泣
或幸福地歌唱

或痴情地遐想
每个字都能读出特别的味道

不知是人聪明了
还是传书的鸿雁疲惫了
不知是时间变得急促了
还是世界变小了
当书信越来越少的时候
一个文化的物种正在消失
鸿雁啊
你可不要折断了翅膀

2006 年 6 月 13 日

酒

酒
你这飘逸的琼浆玉液
你这神奇的水之精灵
在我们生命中流淌
在我们思想中奔腾
你让人豪情万丈
击筑唱大风
煮酒论英雄
你让人激情万千
举杯邀明月
把酒问青天
一杯酒　可以激动一个魂灵
一杯酒　可以让人敞开宽阔的心胸
一杯酒　可以化解多少仇怨
一杯酒　可以立下多少海誓山盟
酒啊
你是燃烧的火焰
你是奔放的诗情
你是流贯千古的浩荡雄风
你是我们热烈的人生

2003 年 3 月 4 日

喜欢和古人一起喝酒

喜欢喝酒
喜欢回到千百年前
和古人一起喝酒
把酒喝得出神入化

和曹操坐在船头上
一起喝着杜康酒
对酒当歌
笑谈人生几何
然后　横槊赋诗
站成一世之雄

和陶渊明荷锄而归
罗堂之前喝酒
南山悠悠　东篱菊黄
归去来兮
酒中自有深味

和竹林七贤
相约山林喝酒
流泉　清风
纵情玄谈

激动时一个长啸
便是惊世骇俗

和王羲之们
兰亭之下
曲水流觞喝酒
三月惠风和畅
人心里的诸多感叹
纷纷生长出来
俯仰天地　快然自足

和李白坐在花间
邀来明月喝酒
斗酒十千恣欢谑
飞扬的酒意里
诗的想象海阔天空

和白居易
在下雪的夜晚
围着红泥小火炉喝酒
推心置腹的话
在酒壶里变得很暖
融化了一冬的雪花

和欧阳修
在琅琊山里喝酒
他的斑白的头发
飘扬成一面旗帜
欢聚起行游的人群
滁州太守又一次醉了
醉成山水之乐

和苏东坡
泛舟赤壁之下
叩舷而歌喝酒
江水辽阔
小舟飘逸
洞箫横吹
往事历历
心绪来潮
便是大江东去

喜欢喝酒
喜欢和古人一起喝酒
喜欢醉翁之意不在酒

2011 年 4 月 7 日

庙宇

木鱼单调地唱着
信男善女们
用千年不变的姿态
不停地叩首膜拜
殿堂里的空气很特别
外面的风吹不进来

尊神们都很慈祥
对谁都一样的表情
只有竹签上的卜辞
才是他们要说的话
那些反复使用的语言
其实
都出自凡人之口

2006 年 1 月 8 日

那些书法家们

那些书法家们
一身的墨香
握着一管管长毫
在岁月里排起了阵势
有魏晋的神采
唐宋元明清的气度
和当下的格调
他们孜孜不倦地
书写着一种文字
书写着一种情怀

他们常在欢乐奔放之时
悲愤难耐之机
或者美酒微醉的状态
一下子狷狂了起来
冲进斗室　立于广众
挥毫泼墨　恣意汪洋
俨然独行天下的大侠

他们都有自己的追求
奇峰异峦
万千气象

信奉行书
就风靡云从
写尽世间变化
效法狂草
就挽起溪流江河
唤起骤雨狂风
追求汉隶
就铺展出敦厚遒健
喜好楷体
就是一派圆润工整
中国的文字
在他们的笔下
美哉壮哉
千年风景
他们写出的每一个字
都是向汉字的献礼
都是血脉的感动
在汉字的框架里
挺立着他们的形象
一代又一代
绵延成无尽的山峰

2010 年 7 月 15 日

唐诗总在前面

诗在唐朝
就已经写完了
浪漫李白
愤世杜甫
山水王维
一个个立在峰巅上
把诗写成了绝唱

可写诗的后来者
还是络绎不绝
一颗颗诗心
是不死的太阳

唐诗总在前面
不是自大
它常常会让开一条路
可无人擦肩而过
我们只能跟在它的后边
做一条长长的注释

2008 年 7 月 18 日

宋词

满江红
念奴娇
沁园春
蝶恋花
水调歌头
八声甘州
宋词浩浩荡荡
千古奔流

豪放　婉约
雄浑　雅秀
响隆隆　黄钟大吕
光闪闪　满天星斗
一首小令
便可唱出世间风情
一片词句
就可吟出万般情愫
李煜　柳永　李清照
苏轼　岳飞　辛弃疾
你方唱罢我登场
一个个感慨纵横
意气难受

或仰天长啸
或独上西楼
或把酒问青天
或人比黄花瘦
心事浩渺连广宇
一曲新词动九州

北宋南宋三百载
多少天下事
灰飞烟灭付东流
唯有宋词永远在
金声玉律唱春秋

2010 年 9 月 10 日

蝴蝶的自白

我没有什么奢望
只喜欢在花丛之中
吮吸花的芬芳
吃饱了肚子的时候
就忘情地飞翔
可一不留神
飞进了一位思想家的梦中
那个奇思妙想的庄周
竟梦见了我是他的形象
我也被文人们
请进了戏剧之中
梁山伯与祝英台双双化蝶
让我成了爱的榜样
我还变成了一只只蝴蝶结
打扮着可爱的小姑娘
我还成了词牌蝶恋花
成就了许多千古的绝唱
我也被匠人们
做成蝴蝶瓦
我也被书商们
设计成蝴蝶装
我实在无法主宰自己

我孕育了自己的美丽
却在美丽中负重奔忙
还是让我成为一枚标本吧
静静地躺在博物馆里
诠释自己的美学主张

2007 年 7 月 4 日

原生态的歌

原生态的歌很乡土
原生态的歌别有一番味道
原生态的歌都是天籁
每一个音符
都酝酿了百年千年
一出口就撩人以醉

听原生态的歌
心要飞起来
那些高音
可以爬上难以想象的高度
久久地不肯下滑
在那里傲对苍穹
我们就跟着登峰造极
完成一次生命的咏叹

原生态的歌
都有自己的抒情方式
或拼命地吼
或疯狂地跳
或激情地弹拨
这些歌唱起来

风不再响

水不再流

鸟不再鸣

一任歌者随性而乐

原生态的歌

长在深山里

长在江河边

长在黄土高坡上

长在草原里

生成一方性情

奔泻流淌

信马由缰

2009 年 5 月 20 日

井

总也打捞不完
你水中的星星
总也打捞不完
你水中的月亮
总也打捞不完
你水中的笑靥
总也打捞不完
你水中的惆怅
总也打捞不完
你涓涓的情流
总也打捞不完
你悠悠的时光
如果什么时候
再也打捞不出什么了
想必这世界
一定是地老天荒

2007 年 9 月 18 日

电影百年

——谨以此诗献给中国电影百年华诞

一百年是一段辉煌的历程
一百年是一片灿烂的星空
一百年做不完银色的梦幻
一百年写不尽影坛的光荣
啊　电影百年
你那流动不息的画面里
融入了多少时代的风云
演绎了多少悲欢人生
啊　电影百年
你那五彩缤纷的光影里
编织了多少岁月的沧桑
映照了多少鲜活的魂灵
你就这样一路走来
用一百年的跋涉
用一百年的追寻
走过了风雨阑珊
走进了阳光彩虹
在自己的镜头里
编排丰富的故事内容

在你百年华诞的时候
我们不会忘记
你是怎样将舶来品
变成了自己的艺术
你是怎样在探索和借鉴中
一步一重意境
你是怎样由幼稚走向了成熟
你是怎样和科学相伴而行
在你百年华诞的时候
我们不会忘记
你是怎样在民族的沃土上
顽强地生存和发展
用一百年的努力和期待
推拉摇移成自己的风景
在你百年华诞的时候
我们不会忘记
正是几代电影人的接力
中国的电影
才在自己的影像里满眼春风
中国的电影
才在世界上赢得了瞩目与尊重
一百年的中国电影啊
焕发着无穷的魅力和光彩
一百年的中国电影啊

造就了自己独特的品质和个性
一百年的中国电影
在感光的胶片上
记录着一个伟大的艺术创造过程

一百年并没老去
一百年还很年轻
一个崭新的电影时代
拉开了绚丽的幕景
让我们在洁白的银幕上
写下祝福的话语吧
一个时代　一种风范
中国电影的蒙太奇
正在组合着新的情节和感动

2005 年 10 月 31 日

小巷

小巷
是城市里古老的血脉
一条条很短很瘦
钻进去
很难走出它的韧性和缠绵
随便站在哪一处墙壁前
都能读到时光刻下的文字
随便走在哪一块石板上
都能听到悠远的足音
小巷很苍老
风雨在这里飘摇成
独特的气质
许多快要消逝的东西
在这里常常可以看到
匠人们一声吆喝
整个小巷都激动了起来
这个城市
也听到了另一种话语

2006 年 10 月 31 日

要相信

要相信
不是每一条路上都有陷阱
不是每一朵鲜花都歌唱爱情
不是每一次跌落都不再向上
不是身居高处就能看到最好的风景

要相信
婚礼上的美酒不都是甜蜜
诀别时的泪水也不全是真诚
随风撩起的花裙子并非性感
有情人也会同床异梦
要相信
蛙声一片不一定呼唤十里山泉
夏日的蝉鸣也不全是焦躁的叫声
一个人也可以和自己的心合唱
一群人往往找不到调门

要相信
最毒的花也会绽放成美丽的样子
随口而出的诺言只是一张画饼
世上的好事不可能全揽在怀里
东边日出西边雨是常有的事情

要相信
有时给你一拳的人
能让你挺直腰板
而十万句的媚言
也抵不上一次警钟

我相信
在经历了一次次的迷惑后
我的血液开始变得清澈
我不会再做那些浑浑噩噩的梦
我拥抱着太阳的真理
拥抱着永恒的希望和光明

2012 年 5 月 27 日

寒山寺撞钟

在寒山寺
我用一身的骨骼
撞击那口大钟
不为夜半客船
不为敲醒黎明
只为了让心
与钟声交融

钟声传得很远
心随钟声在飞
情感中的许多驳杂
开始变得单纯
那些此起彼伏的浊流
也都慢慢澄清
向钟作揖告辞
钟很庄重
青铜之体里
仍有梵音嗡鸣

2008 年 4 月 5 日

水

柔软是你
穿石是你
载船是你
覆舟是你
流动是你
平静是你
透明是你
深邃是你
温驯是你
放浪是你
自由是你
融汇是你
点滴是你
沧海是你
寻常是你
伟大是你

2006 年 6 月 1 日

难得糊涂

看郑板桥的字画
总忘不了他的难得糊涂
字写得很有个性
别有一番气度
多少年了
他的字成为箴言
成为座右铭
挂在千家万户

买字的人都很聪明
可偏偏要用这些字来装饰自己
也许是附庸风雅
也许是找到了
处事做人的护身符
一介瘦弱的文人
一条很小的字幅
竟能在我们的精神里长期云游
这个中的缘由
哪个人能说得清楚

2005 年 2 月 19 日

圆月亮

在我很小很小的时候
就常听奶奶讲天上的圆月亮
她说　那又大又圆的月亮里
有一只玉兔在劳作
它不停地捣药　心中充满了渴望
她说　那丰盈圆润的月亮里
住着一位寂寞的嫦娥
只因她偷吃了王母不死的灵药
广寒宫里备感凄凉
她说　那银盘般的月亮里
有一个大力士吴刚
学仙有过　伐木砍树
啊　圆月亮
多么神奇的月亮
在我很小很小的时候
奶奶就把它挂在了我的心上
多少年了　每到晴朗的夜晚
我就会早早地仰起头
迎接天上的那轮月亮
当它出现的时候
大地就洒满了银光
在那片光泽里

我走进了美丽的传说
走进了令人神往的地方

我和那只玉兔一起忙碌
将辛劳与欢乐共同分享
明亮的星星都来做伴
到处飘散着百草的芳香
我拿出多彩的画笔
为嫦娥画一道最美的靓装
带上人间深情的问候
她激动得翩翩起舞和歌唱
我和吴刚同饮一杯桂花酒
教他再不要把树木砍伤
他羞愧地搂着那棵老桂树
就像拥抱着朋友一样

在圆月亮里
我也成为生动的情节
我也成为生动的形象
如果奶奶还活着
不知这圆月亮里的故事
她该如何去讲

2005 年 8 月 12 日

喝茶

用恬淡的心情喝茶
随叶片一起舒展
一杯清茶
荡去多少浮华

用雅致的情调喝茶
饮尽晚霞朝露
琴瑟悠悠
心中山水如画

默诵上善若水
感受茶的升华
一次水中嬗变
心事悄悄落下

玩赏一把老壶
装进岁月情话
冲泡出春夏秋冬
坐看尘世变化

谈论龙井普洱
细品香茗嫩芽

选一片茶叶做伴
好一个清心欲寡

喝茶并非喝茶
茶道禅道通达
轻啜慢饮入幽处
清气袅袅飘天涯

2009 年 4 月 8 日

李煜

唱着春花秋月何时了
止不住走进你的伤感里
你的三千里江山不在
你的凤阁龙楼不在
你高贵的皇冠匍匐在别人的脚下
在国家这个词汇里
你懦弱成一个扶不起的名字

可你却写出了几首好诗
让我们感动着
随着你的低吟浅唱
故国明月　流水落花
朝雨晚风都别有一番滋味
你的诗句在你沦陷的心田里
生长出永远的力量

该怎么称呼你呢
是君王　还是诗人
你这个南唐后主啊
真的是让人爱　让人恨

2011 年 7 月 25 日

洛阳白马寺

那匹驮经的白马
从天竺而来　由西向东而来
山岭逶迤　路途遥遥
它的蹄下从不打滑
坚定地走到一方神秘之地
它卸下沉重的经卷　没有喊累
在东汉洛阳的郊外
望着人们大兴土木
将白马寺的匾额
高高地悬挂起来

好大的中原
好大的寺院
好多的信徒
香火温暖地飘散着
白马似乎忘记了
自己原生态的故乡
它以马的灵性
静听这里的梵呗之音
慢慢地立地成佛

2018 年 10 月 29 日

大武汉

这座城
是用水雕刻而成的
水势凌厉
刻出了三镇鼎立
而又浑然一体
水利万物
大城崛起

城的温度一向很高
流火的季节
江水湖水都要沸腾
数不清的热点
在城的岁月里
引爆成一个个闪光的日子

波澜有情
江汉朝宗
一浪叠一浪
每一刻都有新的信息
从这里出发
又在这里升华
一座城神奇地构思着自己

白云黄鹤

高山流水

神龟灵蛇

一个个美的意境

在这里生成

浪漫和忠诚养成了一方性格

与水共舞

流水的方向

就是城的方向

这座城是历史的大舞台

英雄来过

铁骑　劲旅　青锋锷

诗人唱过　芳草萋萋

烟花三月　一声诵叹

就有一个新的发现

一个仰首

便有登高临风的气魄

而今又见洪波涌起

一座城在水的浪花上

正扭着自己的大秧歌

2018 年 8 月 17 日

优雅之美

有一种美穿越时光
有一种美生命芬芳
有一种美洗尽铅华
有一种美超逸高尚
有一种美温良谦恭
有一种美道德至上
有一种美玉洁冰清
有一种美气质端庄
有一种美微澜涓流
有一种美从容坦荡
有一种美格调精致
有一种美惠风和畅
有一种美睿智通达
有一种美自信大方
有一种美水木清华
有一种美浮动暗香
有一种美自在得体
有一种美不卑不亢
有一种美和颜悦色
有一种美含而不放
有一种美表里如一
有一种美君子涵养

有一种美锦心绣口
有一种美善善从长
有一种美春风化雨
有一种美凤鸣朝阳

2016 年 8 月 16 日

唐三彩的马

一匹唐三彩的马
伫立案头
不见马踏飞燕的雄威
不见穆王八骏的神姿
它庄重地站着
任黄绿白三色
重重地涂抹和构思
艺术的扩张
使马成为精致的虚无
由马到唐三彩的马
让一长串美学的话题
争执不休

2017 年 4 月 15 日

诗人

诗人总在放牧白云
悠悠云朵
早已被他笔下的诗句呼唤着

诗人常在河畔兴叹
一束天真
越过凛冽和焦灼
汇入心的海洋

诗人喜欢在调色板上
调匀不同的色彩
化出自己的思想

诗人总在寻觅
秋风遍野
江湖茫茫
闪烁不定的目光

诗人不会叫卖诗的价格
字字啼血
所有的吆喝都失去分量

诗人与诗约会
从不匆匆而去
而是背负着
深刻的快乐和悲怆

2019 年 7 月 30 日

写不出诗的时候

写不出诗的时候
就与李白一起喝酒
就与陶渊明一起舞锄头
和李煜一起感叹雕栏玉砌
和李清照一起品梧桐细雨
甚至挑灯看剑
甚至独钓寒江

从酒里迸出最经典的狂妄
在土里撒下最会生育的种子
看石头唱歌开花最终腐败
一片叶子长满了悲秋的情绪
灯光剑影跳动最不安分的文字
冷静中能参透许多禅意
然后将这些形形色色七情六欲
整合在一起
不出七步
就能悟到写诗的秘笈

2018年10月12日

金木水火土

金是沉默的
高贵而矜持
在金碧辉煌里
自己光耀自己
人一旦被镀上了一层金
就以焕然一新的角色
讲述金的神话

那些木
不分南北
相互打着招呼
一起在心中长高
于最清醒的时候开花
质朴的情怀温暖人世

柔和的水
珍藏亿万年的秘密
孕出最善的性格
悠悠东去的流水里
一波一波的来者
在水面书写自己的名字

一把火
从击石中而来
从钻木中而来
炽热的爱永不熄灭
弥漫风中的火焰
狂歌似的奔放
以不可阻挡的光芒
照耀万物之不朽

土在中国
最早塑出人的生命之躯
女娲造人的那些黄土
一直被我们供奉
土生育一切
又埋葬一切
深层中涌动不竭的欲望

2019 年 1 月 12 日

人生如戏

人生如戏
舞台的形象
就是人生的形象
紧锣密鼓之中
每人都有拿手的戏法

人生无数牌局
舞台起伏跌宕
所有的悬念
都在大幕的一张一合中

由人生而舞台
人的形象被聚焦
由舞台而人生
人的影子被放大

舞台的脸谱高高挂起
皆是人生的勾勒
将自己的那一幅收藏于心
台上台下都不会变形

2019 年 3 月 25 日

先行者

特立独行
火焰摇曳
不倦的思绪
拍打风雨
血脉澎湃
从岁月的裂痕中
冲突而出
追寻前方的影子
跌倒爬起
愈挫愈奋
时间之上
有音调成熟的
大风歌传来

2014 年 1 月 6 日

《诗经》的开篇

《诗经》的开篇
便是谈情说爱
河中的小岛上
飘着迷幻的云雾
窈窕淑女忙着采荇
那个暗恋她的青年求之不得
只能梦中辗转反侧
一部太老太老的经典
一首永远新鲜的诗篇
那缕甜蜜和痛苦的心绪
成为永恒流动的风
拨动悠长的爱弦
试想当年孔夫子
整理“诗三百”的时候
是何等喜爱这首《国风》
他一定未加任何修饰
只是站在周南的河边
静静地聆听
雎鸠关关的唱和
轻盈妙曼美了岁月的灵性

2014年5月14日

中国毛笔

用羊毛做成
用鼬毛做成
有羊的温顺
有鼬的灵健
写成隶楷行草
绘就花鸟山川

帝王手里握着
文人手里握着
百姓手里握着
尊卑贵贱
同享翰墨之趣
风雅代代相传

激奋时
金蛇狂舞
惬意时
笔画缠绵
一管笔柔而不屈
绢纸之上
留下千年感叹

中国毛笔
国之神器
一笔下去
千钧之力
笔锋一点
大美天地
仰天一举
永远的火炬

2014 年 4 月 8 日

画家

你的画是你的风景
你就守望在你的风景里
画一条河流
牵着你血脉的流动
绘一座山峦
你的气势在高高地上升
让一朵花　香遍你心的原野
引来众鸟高飞
唱出新鲜的黎明
或者伴一只彩蝶
飞舞在你的思绪里
成为美丽的憧憬

你的画
被你的灵性照耀着
一个辉煌的世界
熟悉而又陌生
站在你的画前
似近非近　欲罢难罢
止不住跳进你的画面之中

2014 年 9 月 25 日

我的十行诗

一行风带去
化作自由的风景
一行云带去
化作长日不倦的涟漪
一行落进花朵里
成为芬芳的琼浆
一行萦绕于枝叶间
变为悦耳的鸟语
一行投进水波
给江湖一个惊叹
一行附在羽翼上
书写云天的绮丽
一行飘进早春里
抽出嫩绿的思想
一行融进月色
融化岁月的凄迷
一行撒进白雪中
纯净广袤的大地
最后一行留给自己
孕育新鲜的诗意

2015 年 3 月 27 日

黑脸包公

很小的时候

就在舞台上见过他

脸很黑

眉很浓

声音雄浑

身边总是跟着王朝马汉两个随从

还有一口青铜大铡刀

显出正义和威严

他一出口

就是大快人心的戏文

驸马爷之类的陈世美们

一个个闻风丧胆

他的黑

让舞台大放光明

一声包青天

是台上台下共同的和声

2012 年 10 月 8 日

诗和字

作为诗人
面对着那些燕雀无声的文字
我总是用自己的情感
来编排他们的

我不会将刀枪棍棒
摆弄在一起
一副气势汹汹的样子
让人避而远之
这不是我的秉性

我也不会煞费苦心
将一些字串联成甜言蜜语
让人读着读着
就沉湎了下去

我喜欢将苦难和坚强
重重地写下
让我的诗挺起铮铮的骨架
我喜欢将爱和恨
这样对立的字　交织在一起
让我的诗充满心灵的博弈

阳光和绿色应该是我常用的字眼
我的诗燃起生命的火焰
也有一种温情的缠绵

鲜花　河流
白云　小鸟
都常常被请进我的诗中
让我的诗欢欣着歌唱着
让读诗的人
不会背着十字架远行

有时　我也会扼腕叹息
许多字我还理解不了
在我的诗句里
多么需要他们
而又无法精确地选择
我只能恭敬地注视着
等待着有一天灵魂开窍

2013 年 2 月 7 日

端午祭屈原

衣衫褴褛
发髻被风击乱
脸色高贵而憔悴
目光迷离而悠远
五月的日子里
屈原踽踽而来
他最后看了一眼天色
抚摸着随身的玉佩长剑
朝着汨罗
纵身一跳
激起了永不消逝的波澜

他是从都城放逐到这里来的
他很疲惫地行吟泽畔
随草木起伏
逆风雨辗转
不见了后皇嘉树
不见了美人秋菊
不见了香草幽兰
他凄迷的眼神
最终定格在一条水上
仿佛只有这条大江

才是最好的归点

他是带着破灭的理想投水的
他把心中的那些美愿
都托付给各路神明了
山鬼啾啾
河伯嗷嗷
八龙婉婉
他心怀别离和不忍
挺一身傲骨
毅然投进了被巫风濡染的江河
完成了一次凄美的祭祀

他是带着许多解不开的疑问投水的
他的《天问》得不到回答
他的《九歌》断了声响
《离骚》残破了灵魂未失去
上下而求索
九死而无悔
尘世中站成问天的形象

他是带着一身的纯洁投水的
他不愿自己的思想
被沧浪之浊浸染

苏世独立
横而不流
深固难徙
受命不迁
一篇《橘颂》
“置以为象兮”
写尽了人格的向往

他是带着一颗绚烂的诗心投水的
他把那些瑰丽浪漫的咏叹
都融入了无边的时间和空间
他纵身一跳
魂兮归来
在招魂的呼唤中涅槃
他纵身一跳
一个闪亮的影子
成为中华文化灿烂的光源
他纵身一跳啊
五月里的这一天
就变成了深沉和永远

2020 年 5 月 8 日

古诗词里忆江南

撑一把油纸伞
走进江南
正是杏花春雨天
千里莺啼绿映红
春江水暖
小桥流水人家
往来乌篷客船
水村渔市
纸鸢飞燕
钓叟莲娃
浣女竹喧
烟柳画桥明月夜
玉人吹箫声声慢
喜看牧童指处
酒旗招展
细听吴侬软语
醉在金樽檀板
美人西施
越王勾践
白蛇许仙
往事已成空
风流云散

十年一觉醒来

但见乾隆又下江南

四百八十寺里

钟磬之音

声声祝愿

江南好

能不忆江南

2018 年 11 月 6 日

想起了赤壁鏖战的那场风

来到这里
就想起那场风
想起赤壁鏖战的那场风
公园 208 年的那个冬夜
长江的江面很冷
各种心情都在埋伏着
突然
一阵强势的东南风
直逼江北的曹营
燃起了漫天的烈焰
沸腾了江水
焚毁了战舰
烧红了崖壁
一则战争的经典
在风与火的交织中
被神奇地书写着
从此
一个偌大的天下
便被那场风
剪裁成了三份

来到这里

就想起了那场风
想起了赤壁鏖战的那场风
想起风中的三个人
诸葛、周郎、曹公
当风飒然而起的时候
策划了这场风的诸葛
却飘然而去了
他在很远的地方
静听风过江面的声音
那个心气狭小的周郎
却乘着这场风
完成了雄姿英发的塑造
而樯橹灰飞烟灭之后
曾经横槊大江的曹公
却破灭了饮马长江的梦

来到这里
就想起了那场风
想起赤壁鏖战的那场风
那场激扬慓怒的风
折戟沉沙　无影无踪

2011 年 12 月 14 日

读曹植的《七步诗》

这七步
步步杀机
一颗豆子
在毒焰上蹈火
渴求悲怆的韵脚
心绪稳定
一步一招
最后一步落下
“砰”的一声
惊煞了千年诗坛

2019 年 10 月 5 日

函谷关

行至函谷关
车马停下　人心停下
只想在这里
遥想当年的老子
骑着一头青牛
慢慢地走出关口
步入西风古道
隐入旷野自然
不见了踪影
唯有一部道德经
立在函谷关前
成为指引岁月的路标
函谷之道
乃天下之道
从古至今　无有终结

2018 年 7 月 11 日

致朗诵者

将那些文字
读得生动
读得流畅
读得优美
读得铿锵
读得富有节奏的跌宕

仅仅靠这些
是不够的

还要读出鲜花绽放的轻快
还要读出流水舒缓的歌唱
还要读出鸟儿们飞翔的沉稳
还要读出随风而舞的遐想
还要读出雷霆般轰鸣的力量

仅仅靠这些
也是不够的

必须读出你的泪
读出你的血
读出灵魂的呐喊

读出心中的雷火电光
读出翻江倒海的狂喜大悲
读出春花秋月里的爱意惆怅

要知道
你的带有情绪的声音
是变幻不定的魔方
你是站在又一重高度
把握住艺术的方向
将那些诗
那些散文
那些小说
融入锦心绣口
恰似一江春水流淌
让那些听者
在你的河流里不肯上岸
陶醉在美丽的浴场

你是朗诵者
在气象万千的意境里
以声音的造型
创造真实和幻象

2017 年 5 月 12 日

李白

如黄河之水　自天而来
翻腾江湖　行吟天下
一手把酒　一手舞笔
兀傲飘逸　飞扬跋扈
随意间
将诗写在了诗的最高处
无穷的幻想　遥远而自由
一首首狂歌
驶过时间空间
火焰直射古今

瑰丽　浪漫
雄伟　朗阔
奇诡　悱恻
未闻之意境
使人惊愕迷蒙
李白是诗
诗是李白
只一个李白
足让天下心旌摇荡

2017 年 2 月 24 日

无字碑

那个颠覆了传统的女皇
死了的时候
却没能脱俗
她照样给自己竖立了一块墓碑
坚硬的花岗岩
早已见证了她腐朽的过程
可是这墓碑上
竟没有一个字迹
也许是怕它刻不下丰功伟绩
也许是女皇别有心机
它就这样孤零零地守在那里
历经千年风雨

在无字碑前
久久地瞩目
突然觉得
她比读任何碑文都更有意义

2005 年 7 月 25 日

剑

我是太老太老了
以青铜和铁铸体
锋利的剑刃
削薄了岁月
我的剑影在风里闪烁
一道一道的光芒
刺向世道的诡异
我在纷纷扬扬的故事里
扮演角色
我的三尺之躯
顽固得不会变形
江湖遥遥
长天寥寥
唯有剑自在自行

时间远去了
我的灵魂不会消散
那些操剑的舞者
正在一招一式里
寻找我不可知的神秘

2014 年 11 月 17 日

古琴台

伯牙犹在
子期犹在
一架琴　一捆柴
简简单单
筑成千年古琴台

两个人最好抒情
一曲弹罢　意气澎湃
王侯樵夫无尊贱
高山流水知音来

山站成最高的音阶
水流成最美的气派
心有灵犀一点通
洋洋汤汤荡胸怀

生死不渝　深情永远等待
瑶琴不复弹　大音希声在
衷肠千回百转
总在绕着一个节拍

2014 年 12 月 18 日

七夕

这个夜晚
是银河最动情的时候
一年只有此刻
牛郎织女才能相聚
两颗心奔跑过来
需要足够的期待和勇气
“空降泪雨作滂沱
泪痕有尽愁无歇”
王母的金簪还在
鹊桥摇曳不定
匆匆一见后
又是一派水阔浪急
没有任何表白
不死的爱
让天上人间
都拥有一个日子的传奇

2015 年 8 月 13 日

折扇

用则一撒
清风即来
收则一叠
含情聚气
“展之广尺余
合之两指许”
一把折扇
掌中珍品
扇骨精致
扇坠玲珑
轻摇生姿
演绎各种戏文
遮阳挡雨
几多随身便利
读扇面的字画
更添几分爽快
几分雅致　小小折扇
魔幻之物　舒卷之中
自有抒情写意

2015 年 4 月 28 日

唐诗三百首随想

那三百首五言　七律　乐府
从《全唐诗》里精挑细选
奇文妙韵
镂进情感的每一扇门

山川风物
边塞烟云
爱情闺怨
贬谪苦旅
一个个意象融进血肉
平平仄仄里
对应世界的起伏不定
有李白的飘逸雄放
杜甫的忧国伤时
李商隐的深曲艳丽
孟浩然的淡远恬静
各领风骚
直通唐诗的高峰

那三百首五言　七律　乐府
排列着唐诗的基因
熟读唐诗三百首

不会写诗也会吟

一声咏叹

就认定是唐诗的子孙

2016 年 2 月 28 日

旅欧诗抄

夕阳洒在莱茵河上

夕阳洒在莱茵河上
河水泛着迷人的波光
青翠的山峦镀上了金色
秀丽的村庄点缀在两旁

游船快乐地劈开波浪
鸟儿在水面欢乐地游荡
晚风从古堡前轻轻地吹过
教堂里的钟声悠扬

岸上传来孩童们的笑声
空气里散发着淡淡的清香
呷一口啤酒人就醉了
在莱茵河上尽情地歌唱

河水在朦胧中静静地流淌
夜幕降临在莱茵河上
坐在岸边的小木屋里
望着河水久久地遐想

2005 年 4 月 17 日

尿童于连

尿童于连的小小的塑像，被置于布鲁塞尔一条不起眼的街道中，却吸引了全世界的游客。

因为你的一泡尿
熄灭了敌人的导火索
布鲁塞尔
才幸免于毁灭中
你的神奇的一举
成就了一个少年英雄
在这座城市里
你被誉为第一公民
可你从不自傲居功
甘愿做一个永远的孩童
你撒尿的顽态
是最有趣的风景

2005年4月10日

威尼斯

在威尼斯
水是唯一的主题
一切关于水的议论
都可以在这里找到答案

一座城
始终浸染在水里
水是什么
这座城便是什么

2005 年 3 月 29 日

古堡

在欧洲旅游，经常可以看到古堡这种历史的遗存。

古堡
依然雄踞在那里
铮铮的骨骼
挺立着遥远的故事
风从古堡中吹来
一种发酵的味道
往事沉醉
而诉说从未停止

2005 年 4 月 29 日

郁金香·风车

郁金香盛开着
高贵而典雅
随风旋转的风车
总在聚集着力量
一个在地面
一个在空中
构成了一幅立体画

在荷兰
他们是最鲜明的景致
这个地中海的低洼之国
被一种童话和梦幻
抬升起自己的高度

2005 年 4 月 23 日

比萨斜塔

倾斜了几百年
却总不会倒下
不知道什么力量
竟使这古老的钟楼
坚强而挺拔
在这里
倾斜成为一种哲理
似倒非倒中
变化
又没有变化

2005年4月18日

蒙娜丽莎的微笑

真该感谢达·芬奇
把一个女人的微笑
送给了全世界
那淡淡的笑容里
有永远解不开的谜

2005 年 3 月 26 日

古罗马斗兽场

雄狮倒了下去
猛虎倒了下去
角斗士倒了下去
斗兽场一片血腥
欢呼声此起彼伏
一种残酷
成了古罗马最激动的游戏

斗兽场早已颓废
残破的圆里悄无声响
而往日的喧嚣
还在震撼着世界的心

2005 年 4 月 9 日

阿尔卑斯雪山

这条
横卧在欧洲的巨蟒
总在用皑皑的白雪
来装饰自己
它从不抖动身躯
用恒久不变的神情
冷静地与世界相处

2005 年 4 月 18 日

断臂维纳斯

就以这样的神情
诠释美的意义
就以这样的形象
展现美的力量
就以这样的气质
改变审美的思想

2005年4月4日

维也纳金色大厅

在这里演出
或者观赏
都是崇高的礼遇
金色大厅的光芒
辉煌着每一句歌声
每一段舞蹈
或者每一架钢琴
每一只小提琴
甚至欣赏者的目光

这里属于全世界
当华灯齐放的时候
金色大厅就敞开了胸怀
激动地拥抱着
那些艺术的精灵们

从大厅里传出的韵律
和着多瑙河之波
宣扬出音乐最美的定义

2005 年 4 月 11 日

垂死之狮

瑞士卢塞恩有一处著名的岩石雕刻《垂死之狮》，雕像完成于1821年，是为纪念法国大革命时为保卫路易十六尽忠死亡的786名瑞士卫士而雕刻的。

它低垂着头
断裂的矛
刺在脊背
它是世界上
最悲哀的狮子
卢塞恩永远痛着

石雕前的那方池塘
盛满了泪水
狮子哭了
为了忠诚的卫士
我哭了
为了悲哀的狮子

2005年4月6日

佛罗伦萨

来到佛罗伦萨
才知道这座城市
是用但丁的诗句砌成的
是用米开朗琪罗的刻刀雕成的
是用达·芬奇的彩笔绘成的

《神曲》依然飘飞
佛罗伦萨在梦幻中
追寻着光明与幸福
永远健美的《大卫》
带给佛罗伦萨的
是恒久的朝气和力量
那个微笑着的蒙娜丽莎
把谜一样的神情
氤氲在佛罗伦萨的脸庞
佛罗伦萨情韵动人

对于这座城市
不要只用眼睛去看它
更需要一种　文化的理解

2005 年 4 月 17 日

埃菲尔铁塔

那个叫埃菲尔的人
怎么也没有想到
他设计的这座
黑乎乎的铁塔
竟成了一处诱人的景观

面对着交错的钢梁和铆钉
让人总不明白
这些坚硬的组合
为什么能征服
一个浪漫的巴黎

2005 年 4 月 26 日

地中海的石子

在美丽的地中海
我在沙滩上细细寻觅
像发现了宝贝一样
将几粒石子
紧紧地捧在手上
这几粒彩色的石子
现出了奇美的图像
有的像飞翔的海鸥
有的像狂涛巨浪
有的像千奇百怪的珊瑚
有的则像美人鱼在游荡
仿佛大海的一切
都镌刻在这小小的石头上
我常常凝视着这些石子
就像走进了大海的身旁
正是她千万年的亲吻
石子啊
才有了海的灵光

2005 年 6 月 27 日

诗歌背后的故事

陈景丽

洪亮的嗓音，舞动的手臂，澎湃的激情，一年四季永远的一顶鸭舌帽，这便是大家心目中“行吟诗人”牛均富老师的公众形象。因为老乡加近邻的缘故，我有较多的机会接近牛老师，在他诗意盎然的生活里被感动、被熏陶。

牛老师首先是一位电影人，一辈子与电影结下了情缘。在近五十年的电影生涯中，他从事过电影宣传、电影评论、电影教育、电影管理等多项工作，每一项都努力为之。他是电影评论家，发表了数百篇电影评论和理论文章，编撰出版了《银幕上的故事》《电影发行放映手册》《田原影话》等多部电影著作，还多次担任全国大型电影活动的评委。他是知名的主持人，为数十位中外著名电影艺术家主持过电影首映活动，并与其中的一些人结为好友。他是改革开放之后，电影艺术繁荣发展的参与者和见证者。2010 年 6 月 3 日，《中国电影报》报道了牛老师从事电影工作四十年的消息，称他在普及电影文化、培养电影人才方面，贡献了智慧和力量。牛老师至今还担任着湖北省电影家协会副主席，经常看剧本，参加各种电影活动，依然乐此不疲。

这些年在社会上，牛老师给大家更多的印象，是一位“行吟诗人”。这个称号是著名电影艺术家孙道临先生早在1990年就“封”给他的。牛老师以电影人的浪漫情怀，进入到诗歌创作中，自有一番气象。他歌唱生活，歌唱生命，歌唱友爱，歌唱自然。他的诗歌题材广泛，积极向上，韵律流畅轻快，并由他自己声情并茂地朗诵，到处都是他抒情的舞台，许多诗的背后都能讲出一个动人的故事。牛老师有不少作家、教授、艺术家朋友，在众多场合，大家往往首推他的朗诵，享受一种特别的快乐。

牛老师的普世情怀和悲悯之心，更能走进普通老百姓的心里。他曾为数千农民在小镇上朗诵《走进这片温暖的土地》，一些年轻人无法靠近，竞攀上树杈聆听。他曾在公园里为晨练的市民们朗诵，引来一片喝彩。他也曾站在街角的垃圾筒前，为一位捡破烂的乡下妇女，朗诵为她创作的《拾荒的女人》。他还受邀走进少管所、女子监狱等劳教场所，为这些特殊的人群深情放声。他甚至在自家的屋顶上，抚摸着一只死去的鸽子仰天长吟。

牛老师那些感悟生命的诗，特别能打动老龄者的心。在汉口江滩公园，他为一对八十多岁的老知识分子作诗，一首《骑三轮的老夫妇》，让他们满心生辉。他站在中南民族大学一位老教授的病榻前，深情朗诵《想象生命》，给这位癌症晚期患者，带来最后的慰藉。他为一位接连丧妻丧子几乎失去了生活信心的老专家朗诵，春风化雨，焕发了他的生命活力。

牛老师的诗，也受到了外国友人的欢迎。在一次三峡的旅行中，一位日本诗人听了他的朗诵《我们都有自己的母亲河》，真诚地留下姓名和地址，要与他做朋友。而法国驻武汉领事馆的一位文化专员，因喜爱中国传统文化，竟专门赶赴百里之外，听他在亲人的婚礼上激情咏唱。他站在法国的埃菲尔铁塔上，面对着浪漫的巴黎朗诵。他还在德国的莱茵河上，随着潺潺的绿波朗诵，让灵动的诗句不再有国界。

多年来，牛老师还在华中师范大学、华中科技大学、江汉大学、武汉音乐学院等十几所高校举办诗歌讲座，他的《康巴汉子》《我曾经年轻过》《我是一条蚯蚓》等诗文都受到了学子们的热捧。牛老师还多次在省市图书馆开坛演讲，带来的总是满场激情。2005 年，楚天广播电台专门为牛老师量身定作了一档节目“诗歌大擂台”，每周日上午 10 时至 11 时，都能在收音机里听到他侃侃而谈。牛老师近两年还成为“网红”，他朗诵的一首《酒》的视频，红遍全国各地。

牛老师的诗以平实的语言、真情的流露，表达出生活的哲理和生命的内涵。他的诗彰显了他的人格魅力和处世情怀，他以自己独特的行为方式，在社会生活的大舞台上，倾情演绎，丰富自己，感动别人。许多人都说，“牛均富是用真诚的灵魂，拥抱诗歌的人”，诗歌成为他对话生命、对话人生、对话自我的一种表达。他行走于柴米油盐的凡尘俗世，却活出了一份超然与物外的诗意和洒脱。

在许多人眼里，牛老师是一位艺术家，一位激情四射的诗人，但在我心目中，他更是一位长者，一个前辈，也更像一位亲人。他对我这个小老乡的关爱和帮助，令我十分感动。他常带我参加一些有意义的文化活动，让我在许多场合，领略到他的诗情风采。

在协助牛老师整理诗稿的过程中，我常常感动不已。这是一位纯粹的诗人，他没有任何功利，他只需要诗的美感和对心灵的净化。他用诗行编排着生活中的故事，用大爱和悲悯将这些故事一一定格，也为热爱他的读者留下了一位诗人行走于世的生动剪影。

2020 年 9 月 15 日

图书在版编目（C I P）数据

牛均富行吟诗 / 牛均富著 . --武汉：长江文艺出版社，2021.8
ISBN 978-7-5702-2079-3

Ⅰ. ①牛… Ⅱ. ①牛… Ⅲ. ①诗集－中国－当代 Ⅳ. ①I227

中国版本图书馆 CIP 数据核字(2021)第 068283 号

牛均富行吟诗
NIUJUNFU XINGYINSHI

责任编辑：胡 璇　　责任校对：毛 娟
装帧设计：陈景丽　　责任印制：邱 莉　王光兴

出版：长江出版传媒 | 长江文艺出版社
地址：武汉市雄楚大街 268 号　　邮编：430070
发行：长江文艺出版社
http://www.cjlap.com
印刷：湖北新华印务有限公司

开本：880 毫米×1230 毫米　1/32　印张：18.5　插页：6 页
版次：2021 年 8 月第 1 版　2021 年 8 月第 1 次印刷
行数：12744 行

定价：68.00 元